新潮文庫

いつも彼らはどこかに

小川洋子著

新潮社版

10414

目次

いつも彼らはどこかに

帯同馬

彼女はもう七、八年ほど、モノレールの沿線にあるスーパーマーケットで、デモンストレーションガールをしている。その日の特売品を試食用に調理し、お客さんに勧めて販売促進に努めている。例えばアスパラガスなら、ベーコンで巻いて爪楊枝《つまようじ》を突き刺し、フライパンで焼く。プロセスチーズならばサイコロ形に切ってギョーザの皮に包み、サラダ油で揚げる。それらを紙皿に並べ、「お一ついかがですか。お安くなっていますよ」と言いながら買い物客たちが足を止めるよう仕向ける。

デモンストレーションガールの業界で、彼女は独自の道を切り開いている。愛想のよさ、陽気さ、人懐《ひとなつ》っこさ、声の大きさ、押しの強さ等々、この仕事に必要だとされている資質のほとんどと、彼女は無縁だった。笑顔は貧相で、口数は少なく、声は店内放送に紛れてほとんど聞き取れないくらいにか細かった。にもかかわらず、彼女が紙皿を持って立てば、確実に特売品の売り上げは伸びる。それだけの技術を備えている。

まず何より彼女は試食品の作製に手を抜かない。切って並べるだけという妥協は許さず、経費がかかっても材料を揃《そろ》え、客たちが思わず手をのばしてつまみたくなるような試食品をこしらえる。たとえ合成保存料の入った安物のレトルトハンバーグであっても、薄切りにしてトーストしたフランスパンに載せ、香草をあしらってカナッペ風に演出する。テーブルクロスから爪楊枝一本に至るまで、ありきたりのものは選ばず、紙皿もちょっとした可愛《かわい》らしい模様入りのを使う。

もう一つ技があるとすれば、目の前の客が特売品を本当に必要としている人かどうか、見抜く力を持っていることだろう。そういう客がそばを通った時は決して見逃さず、真《ま》っ直《す》ぐに視線を向け、そっと紙皿を差し出す。

「お一ついかがですか。お安くなっていますよ」

すると客はまるで大事な伝言を耳元でささやかれたようにはっとして立ち止まり、レトルトハンバーグのパックを二つ三つと手に取り、買い物籠《かご》に入れるのだ。

逆の見方をすれば、買う気もない人を無理に振り向かせるほどの強引さは持ち合わせていない。あくまでも必要としている人の手に特売品を届ける、あるいは、必要としていることを客自身に思い出させる、これが彼女のやり方だ。

冷凍食品のケースの脇《わき》か、野菜売り場の角か、菓子パンとスナック菓子の棚の間か、とにかくどこか売り場の片隅に彼女は立っている。はじめからそう設計されていたかのような一人分のスペースに、すうっと体をしのばせている。折り畳み式の小さな台、ガスコンロ、鍋《なべ》、菜ばし、布巾《ふきん》、その他もろもろの道具もみな、体の一部のようになってそこに納まっている。身につけているのは、何の飾りもない清潔だけが取り得のエプロンで、お化粧はリップクリームを塗っているくらいのものだ。頭はたっぷりとした三角巾に包まれ、どんなヘアースタイルかはうかがい知れない。試食品をより際《きわ》立《だ》たせるため、身なりは質素に徹している。

開店前、従業員たちが忙しく立ち働いている隙間《すきま》を縫い、彼女は一人定められた場所に陣取って、手際よく準備を整えてゆく。台を設置し、クロスを掛け、コンロにガスボンベをセットする。特売品を切り分け、包んだり混ぜ合わせたり、炒《いた》めたり茹《ゆ》でたりする。特売品担当の店員やパートのレジ係が時折話し掛けてくるが、必要な連絡事項以外、余計なお喋《しゃべ》りはしない。最初の客が現れる時、丁度いい具合に試食品が仕上がるよう、作業に集中する。

彼女は誰の邪魔にもならない。倉庫と売り場を行き来するワゴンにぶつかることもなければ、商品を探す客たちの目障《めざわ》りになることもない。自分に与えられたその小さな場所からはみ出さないよう、常に細心の注意を払っている。特売品に関わり合いのない客の多くは、白いエプロンに三角巾姿の中年女性が、一人そこに立っていることに気づきもしないまま通り過ぎてゆく。

夜、閉店時間を迎える頃には、立ちっぱなしの脚はむくんで靴がきつくなっている。殊《こと》に特売品が冷凍食品の日には、背骨の髄までが冷え切ってあちこちの関節がギシギシと痛むほどだが、構うことなく黙々と後片付けを済ませる。朝設置した時と同じくらいあっという間に、すべての道具類が一つの手提げ袋に納まり、彼女が立っていたはずの場所にはほんのわずかな気配さえ残されてはいない。その日一日彼女に与えられた場所がどこだったか、指差せる者はもはや誰一人としていない。

明らかに大きすぎる手提げ袋を持ち、彼女はモノレールに乗って家路に着く。アパートもやはり、モノレールの沿線にある。「いちいち道具一式、持って帰らなくても休憩室に置いておけばいいよ」と親切で言ってくれる店長もいるが、スーパーマーケットの従業員ではないフリーのデモンストレーションガールとしてのけじめを、彼女は頑《かたく》なに守っている。汚れた鍋も従業員用の炊事場ではなく、家に持って帰ってから洗う。

普通、やり手のデモンストレーションガールは、より多くの稼ぎを得ようとして大型マーケットを広範囲に巡る。彼女だってその腕を以《もっ》てすれば、もっと効率のいい稼ぎ方がいくらでもできただろう。しかし彼女は働き場所を、モノレール沿線のみの数店に絞っている。モノレール以外の乗り物に乗るのが、困難だからだ。

昔は彼女にも、あちらこちらの店を掛け持ちして走り回っていた時代があった。ところがある日、郊外に新設されたショッピングモールへ向うため電車に乗っている時、何の前触れもなく、「このままこれに乗っていたら、自分は一体どこまで運ばれてゆくのだろうか」という疑問が、一瞬胸をよぎった。素晴らしく晴れ渡った土曜日の早朝だった。空には一点の曇りもなく、連なる家々の屋根は朝日を受けて輝き、手提げ袋の中身は振動に合わせてカタカタと平和な音を立てていた。彼女は路線地図を見上げ、自分が降りるべき駅を探し、その駅名を声に出さずに唱えた。私の降りる駅はちゃんと決まっている、何度そう言い聞かせても、一体どこまで、と問い掛けてくる声の響きは止《や》まなかった。路線地図に描かれた線路は幾重にも枝分かれしながら長く連なり、聞いたこともない読み方も分からない駅名が延々と続いていた。そのうち体が硬直し、生唾《なまつば》がこみ上げてきた。指先が冷たくなって震え、冷や汗が流れ落ち、息をどう吐き出してどう吸い込んだらいいのか訳が分からなくなって、視界がどんどん狭まっていった。気づくと手提げ袋の中身が、「イッタイドコマデイッタイドコマデ」

と叫んでいた。

どうにか途中下車し、ホームのベンチに座り込んで呼吸が元に戻るのを待っている間、何本もの電車が目の前を通り過ぎていった。再びこれに乗るのはどう考えても無理だと思われた。仕方なく仕事をキャンセルし、何時間も掛けて家まで歩いて帰った。そうしたことが幾度か続くうち、いつしか電車に乗れなくなっていた。

好きな時に降りられず閉じ込められてしまう恐怖、とは少し違っていた。彼女が耐えられないのは、放っておいたらどこまでも、自分の知らない果ての地まで連れて行かれるかもしれない、という恐怖だった。

とにかく、遠くへ行くのが怖かった。今自分がいる地点からの移動は、彼女にとってはそれだけ危険に近づくことを意味した。その遠いどこかに何があるのか、もちろん彼女にもはっきりとは言えなかった。ただそこでは、取り返しがつかないほどに不穏でおぞましい何かしらの予感が渦を巻き、いつでも彼女を暗黒の底へ引きずり込んでやろうと待ち構えている。そのことだけは確かに感じ取れるのだった。

改めてよく考えてみれば、世の中は、遠くへ行くことの危険を知らせる暗示に満ちているではないか、と彼女は気づいた。南米へ移住した人々は約束とは違う痩《や》せた土地しか与えられず、重労働を強いられた。内戦を逃れたボートピープルは嵐《あらし》に遭い、人知れず海に沈んでいった。家畜列車に詰め込まれたユダヤ人はガス室へ運ばれた。登山家は雪山で遭難し、革命家は病で客死し、宇宙船は空中で爆発した。にもかかわらずなぜ人は、尚《なお》も移動しようとするのだろうか。彼女は不思議でならなかった。姉妹都市の関係を結んだ外国の高校生が親善訪問のため市長と面会、などという新聞記事を目にすると、彼らがちゃんと母国へ帰れたかどうか心配でたまらなくなり、後日こっそり市役所へ電話したこともあった。スーパーマーケットの従業員たちが一泊の社員旅行へ出掛けた日には、彼らの無事を一日中祈り続けた。

当然ながら彼女は働き方を変える必要に迫られた。自転車、バス、地下鉄、ローラースケート、原付バイク、フェリー、さまざまな手段を試した結果、最も不安なく移動できるのはモノレールだと判明した。あらかじめ定められた、駅と埋め立て地の空港をただ繰り返し行ったり来たりするだけで、決して脇にはみ出さない忠実なモノレール。他の路線たちと安易に手を結ぶことなく、毅然《きぜん》として独立を保っているモノレール。それがほとんど唯一《ゆいいつ》、彼女と、道具入り手提げ袋を正しく目的地まで運んでくれる乗り物だった。

すみやかに彼女はモノレール沿線に適当なアパートを見つけて引っ越し、それに乗って移動できる範囲のスーパーマーケットのみと契約を交わした。

移動の問題さえ片付けば、デモンストレーションガールは彼女にとって好都合な仕事だった。一日中同じ場所に立っている。どこにも動かない。自分に許されたスペースをただひたすらじっと守っている。

時折彼女は思う。モノレールと一緒に自分が描いている、二つの行き止まりに守られた軌跡について思いを巡らせる。寄り道することのない、掌《てのひら》にのるかと錯覚するほどにささやかな軌跡を、星座をなぞるように目で追っている。

仕事の行き帰り、彼女は手提げ袋を足元に置き、ぼんやり扉にもたれ掛かる。遠くへ行けない故《ゆえ》に選んだモノレールの、多くの乗客は空港を使う旅人であり、彼らのかもし出す高揚や寛《くつろ》ぎや独特の疲労からは、彼女は明らかに浮き上がっている。色鮮やかなスーツケースを抱え、海外へ飛び立とうとしている若者や、書類鞄《かばん》を提げた出張帰りらしいサラリーマンを、彼女は畏怖《いふ》の眼差《まなざ》しで見つめる。この人もあの人も、どういういきさつなのかは知れないが、ああして一抱えの荷物だけを頼りに自分の住まいを離れ、どこかよその場所へ身を運ぼうとしている。あるいはその危険な移動をやり果たし、家路に着こうとしている。何という勇者なのだろう。思わず彼女は感嘆の息を漏らす。地球の自転に逆らい、光の速度に近づいて移動した彼らの体が、なぜごく当たり前のようにそこにあるのか、奇妙な気分に陥る。

海と河口と倉庫、ボートと飛行機、水鳥と橋。そうしたものたちが窓の向こうを流れてゆくなか、途中、競馬場が見えてくるのを彼女は密《ひそ》かに楽しみにしている。競馬については何も知らない。馬券を買ったことも一度もない。けれど競馬場が少しずつ近づいてくると、なぜか息が普段より深く吸い込めるような気がして、体がほぐれる。味気ない風景の中に、土と生き物の気配がするからだろうか。あるいはそこだけぽっかりと切り取られた楕円《だえん》形が、何かに守られた世界のように見えるからだろうか。

実際に馬の姿を目にできるチャンスは少ない。それでも馬場の外側に規則正しく並んだ厩舎《きゅうしゃ》の中で、彼らが大人しく体を休めている気配は十分に伝わってくる。あちらこちらに干し草が積み上げられ、バケツや長靴や見慣れない道具類が置かれ、厩務員宿舎のベランダには洗濯物が干してある。がらんとした馬場は、馬が走るための場所だとは信じられないくらい完璧《かんぺき》に整備され、わずかな足跡一つ、枯葉一枚落ちていない。無人の観客席と屋根が綺麗《きれい》に楕円を縁取っている。切り取られているはずなのに思いがけず、そこだけ空が広々として見える。

あっという間に競馬場は過ぎ去ってゆく。その最後の一点が消えてなくなるまで、彼女は瞬《まばた》きもせずに見つめ続ける。相変わらず彼女は旅人に囲まれている。使い古し、くたびれ果て、糸がほつれ染《し》みだらけになった足元の手提げ袋からは、鍋の柄が覗《のぞ》いている。

その小母《おば》さんはいつも、ビーズで編んだ朱色のハンドバッグを提げて現れた。縦十五センチ横二十センチほどの、薄っぺらでほとんど何も入りそうにない、夜店で売っているような子供だましのそれを肘《ひじ》にぶら下げ、ゆっくりと店内を歩き回った。流行遅れだがこざっぱりとした装《よそお》いをし、きつくパーマのかかった髪を肩に下ろし、耳たぶには真珠のイヤリングなどはめて一見きちんとした様子ではあるものの、悪趣味なハンドバッグ一つのせいで妙に目立っていた。ギスギスと痩せて首が長く、顎《あご》がとがり、顔は乾燥してかさかさしていた。

小母さんは滅多に買い物をしなかった。ごくたまに、片手に持てるほどの品、胡瓜《きゅうり》一本、佃煮《つくだに》一瓶、油揚げ一枚くらいを購入するにすぎず、レジで支払いをする時は、ハンドバッグのファスナーを開け、もったいぶった手つきでのろのろと、お札を一枚だけ取り出した。後ろに並んだ客は露骨にイライラした表情を浮かべた。お札はビーズに押し潰《つぶ》され、皺々《しわしわ》になっていた。

買い物の用もないのに小母さんは日に何度でもやって来た。店内を何周も巡り、特売品の前を通るたび試食品に手をのばした。小母さんは彼女にとって、デモンストレーションガールの技量が及ばない数少ない客の一人だった。小母さんは決して特売品を買わないのだった。

　それでも彼女は快く紙皿を差し出した。

「お一ついかがですか。お安くなっていますよ」

　買ってくれないことは十分承知しながら、他の客たちと差別することなく、ちゃんといつもの台詞《せりふ》も口にした。小母さんは遠慮などせず、ばつが悪そうにもせず、いたって堂々と振る舞った。勧められたからには断るのも悪かろう、とでもいうかのような態度で一つをつまみ、口に運び、長い首の筋をうねらせながら飲み込んだ。肘で朱色のハンドバッグが揺れていた。

「まあ、こんなものね」

　そして一言、何かしら感想を述べ、一応「買おうかしらどうしようかしら、でもやっぱりやめておくわ」という態度をほのめかした。本当は二つ三つ、もっと食べたいのだろうがそこはプライドを保ち、店内をもう一周するだけの間隔を空けた。

　何度でも彼女は小母さんに付き合った。あまりにたくさん小母さんに食べられて試食品が足りなくなれば、作り足すだけのことだった。嫌な顔は見せないし、ましてや

「お一人様一つでお願いします」などというルールを持ち出して追い払うような真似《まね》はしなかった。

だからだろうか、それとも凝った試食品がよほどお気に入りなのだろうか、彼女の後を追い掛けるようにして小母さんは登場した。彼女がどういうローテーションでどのスーパーマーケットに立つか、すべてを把握していた。

「ちょっとお塩が足りないんじゃないの？」

時にはアドバイスをくれることもあった。

「もっとダイナミックに切ったらどう？　こんなにちまちましないで」

と、ボリュームを要求されることもあった。

少しずつ彼女は小母さんの好みを把握していった。さっぱりとした品、例えば乾燥ワカメの酢の物やはんぺんの生姜醤油《しょうがじょうゆ》焼きなどよりも、もっと濃厚でパンチの効いたものを好んだ。やはり揚げ物が一番で、豚の薄切りにスライスチーズを挟んでフライにした時は、史上最多の周遊回数を記録した。また、甘い物に目がなく、空豆が苦手だった。紙皿に茹で空豆とサワークリームのディップが載っているのを発見した時の落胆振りは、気の毒なほどだった。

どういう目的であれ、そのような客がいることを彼女は悪くないと感じていた。たとえ売り上げに反映されなくとも、自分のデモンストレーションが誰かに求められているという事実に変わりはなかった。いつしか彼女は小母さんのために、やや大振りな試食品を用意し、台の下にこっそり隠しておくようになった。小母さんがやって来るとそれを紙皿に載せ、手に取りやすいように差し向けた。小母さんがそれを取り損ねることは一度としてなかった。彼女の小細工にかかわらず、小母さんはいつでも一番大きなのを選ぶからだった。

十分に顔見知りと言っていいほどになってからも小母さんは、気安い態度は取らなかった。あくまでも通りすがりの客と、デモンストレーションガールの関係を保ち続け、試食のあとは律儀《りちぎ》に「でもやっぱりやめておくわ」というポーズを取り続けた。

朱色のビーズのハンドバッグは遠くからでもよく目立った。いくら店が混雑していても、その朱色だけは人の波に紛れることなく、チラチラと翻《ひるがえ》りながら彼女の周りを回っていた。

ある夏の朝彼女は、一頭の競走馬がフランスで行われるレースに出場するため空港を飛び立った、という新聞記事を目にする。ディープインパクトと名付けられたそのクラシック三冠馬は、権威ある凱旋門《がいせんもん》賞での優勝が期待されているらしい。

なぜそんな記事を心に留めたのか、彼女は自分でも説明がつかない。クラシック三冠の意味も、凱旋門賞の重みもぴんとこない。ディープインパクトの名を耳にしたことはあったかもしれないが、ただそれだけの話だった。

にもかかわらず彼女は記事を二度、三度と読み返し、付け足しのように添えられた最後の一行に視線を落とす。

『慣れない土地への移動のストレスを緩和するため、ピカレスクコートが帯同馬としてともに出国した』

新聞にはコンテナに入れられた二頭の写真が載っている。彼らは伏し目がちに寄り添い合い、大人しく立っている。ディープインパクトの方が少し小柄に見える。悪漢、の名とは不釣合いに、ピカレスクコートは穏やかな目をしている。彼女はピカレスクコートの方ばかりをいつまでも見つめている。

時間が来て、彼女は慌《あわ》てて仕事へ向う支度をする。いつもの手提げ袋にコンロやボンベや鍋やエプロンや、その他一式を詰め込んでゆく。その日の特売品はホットケーキミックスだから、ボウルと泡だて器も忘れないように用意する。元々は布団《ふとん》が入っていた袋は、いびつに縫い目が伸びきり、持ち手は磨り減り、油やソースや醤油が染み込んで何とも言い難い色合いに変色している。それを持つと、体の半分が覆《おお》い隠されてしまう。

他の乗客たちの邪魔にならないよう、両足の間に袋を置き、ふくらはぎで挟むようにしながら彼女はモノレールの扉にもたれる。頭の中でホットケーキを焼く手順をおさらいする。ほどなく競馬場が見えてくる。相変わらず馬の姿はどこにもない。二頭は無事、目的地に到着しただろうか。彼女は再び彼らのことを考える。せっかくあれほど見事に整備された、一切の妥協を許さない一続きの楕円に守られて走っていたのに、不意にそこから引きずり出され、狭く暗い箱に閉じ込められ、遠いどこかへ連れて行かれる彼らに、同情を寄せる。

それでもまだディープインパクトはいい。類《たぐい》まれな才能を持ち、偉大な勝利を重ね、大勢の人々の期待を受けて晴れ舞台に立つのだ。彼は誰からも注目され、称賛され、何度でもその名前を口に出してもらえる。どんな小さな箱に閉じ込められようとも、一旦《いったん》扉が開けば、そこには光があふれている。光は彼を目指して降り注いでくる。

ならば、ピカレスクコートはどうなるのだろう。彼女は一つため息を漏らす。ボウルの中で泡だて器がカシャカシャ鳴るのが気になり、ふくらはぎにもっと力を込める。

競馬場は後方に過ぎ去り、海の向こうを横切る飛行機の姿が見えてくる。

ストレスを慰めるために選ばれたくらいだから、きっと彼は心優しく忍耐強い馬に違いない。本当なら彼だって見ず知らずの遠いどこかへなど行きたくはなかっただろうに、友人の支えとなるため、自分に求められた役目を果たすため、旅立つ決心をしたのだ。

コンテナの中で彼はディープインパクトに首を寄せ、鼻先を近づけ、彼らだけに通じる言葉を交わし合う。一体いつになったらこの暗闇《くらやみ》から解放されるのか、絶え間ないエンジン音がいつ止むのか、この先に何が待っているのか、次々とわき上がってくる不安を鎮《しず》めるため、互いの体温を伝え合う。

さあ、いよいよ現地に到着する。調教がはじまる。当然ながらすべてにおいて、ディープインパクトが優先される。より大切にされより心配されより慎重に扱われる。食欲はあるか、脚に異常はないか、咳《せき》をしていないか、関係者たちはびくびくしながら見守る。何か不都合が生じるなら、ピカレスクコートの方であってくれ、とさえ思うかもしれない。もし例えば、馬の神様が現れ、一頭を生贄《いけにえ》として捧《ささ》げよと命じれば、皆迷わずピカレスクコートを差し出す。

誰もがディープインパクトについてばかり考えている。集まってくる人々が全員、例外なくディープインパクトだけを見つめる。そのそばにもう一頭いる馬のことなど視界にも入らない。それでもピカレスクコートはひがむでもなく、愚痴をこぼすでもなく、泰然と干し草を食《は》んでいる。生贄となる準備を、ちゃんと整えている。

車内アナウンスにはっとし、慌てて彼女は手提げ袋を持ち上げる。いつの間にか、特売品のホットケーキミックスを売るべきスーパーマーケットの、最寄《もよ》り駅に到着している。


それまでの関係を超え、思いがけず彼女と小母さんが接近したのは、ある小さな出来事がきっかけだった。その日、閉店時間が近づき、そろそろ後片付けをはじめようとしていた時、小母さんと店員がもめているのに気づいた。巻き寿司《ずし》のパックの中身を半分にして売ってほしいと主張する小母さんに対し、その高圧的な物言いにたじろいだ若い店員がおろおろしていた。

「私はとっても小食なんです」

まるで、そんなこともあなた知らないでどうするの、という口振りだった。

「一本丸ごとなんてとても食べられやしません。だから半分だけ買うんです。簡単な話じゃありませんか」

彼女は小母さんがその日、試食品の焼き豚入りポテトサラダを合計十一皿食べているのを知っていた。それだけ食べればお腹《なか》もふくれて当然だろうと思われた。新入りらしい店員は、「えっ、分けるんですか……これを？　えっと、ちょっと、あの……」と要領を得ず、小母さんをますます苛立《いらだ》たせていた。

「二人で一本買って、半分こしませんか」

見かねて彼女が助け舟を出した。

「あなたも小食派？　ならば丁度よかったわね」

小母さんはようやく満足した様子だった。

とりあえず彼女がレジでお金を払っている間、どうせなら家で一緒に食べようじゃありませんかという誘いを受け、結局、店から歩いて五分ほどのところにある小母さんのアパートへ向う成り行きとなった。

小母さんの部屋は運河沿いに延びる遊歩道に面した、高層アパートの最上階にあり、緩やかにカーブするモノレールと、それを取り囲む倉庫群と、更に向こうに広がる海が見渡せた。すっかり日が沈み、暗がりに塗り込められた空が海を覆い隠そうとしていた。部屋は雑然としてまとまりがなく、隅には綿埃《わたぼこり》が溜《た》まり、食卓の上には郵便物や新聞広告や駄菓子の袋が積み上げられていた。

「さてと」

まずそう言って小母さんはその山の上にハンドバッグを載せ、あたりのものを適当に手で押しやってどうにか巻き寿司が食べられるだけのスペースを確保した。ダイニングと一続きになったリビングの隣に、もう一つ部屋があるようだったが、耳を澄ませても家族がいる気配はなかった。勧められるままに彼女は腰掛け、手提げ袋を椅子《いす》の下に押し込めた。リビングには壁一面を覆い尽くす大きな飾り戸棚が設《しつら》えられ、中には整頓《せいとん》もされないまま何やら小物の類がびっしり並んでいた。そのごちゃごちゃとした雰囲気が部屋全体を落ち着きのないものにしていた。

小母さんはパックを開け、中身をお皿に並べるでもなく取り皿を用意するでもなく、もらってきた割り箸《ばし》でただむしゃむしゃと食べた。一応お茶だけは淹《い》れてくれたが、うっすら埃のかぶった保温ポットから、一体何日取り替えていないのだろうかと心配になるほど萎《しな》びた茶葉にお湯を注ぎ、流しに転がっていた不揃いの湯飲みにただザバザバ注いだだけの代物《しろもの》だった。

食べながら小母さんは身の上話をした。小母さんは某薬品メーカーのオーナー社長の愛人だった。物心つく前にお母さんが死んで、市議会議員をしていたお父さんに大事に育てられた。小さい頃から絵が得意で美術学校に進み、フランスに留学までしたが父親の急逝《きゅうせい》により画家の道はあきらめ、宝石のデザイナーとして独立した。その頃、社長と知り合い、懇《ねんご》ろな間柄になったものの相手が既婚者だったため結婚はかなわず、宝石店を営みながらずっとここで男を待ち続ける生活を送ってきた。その社長も数年前に死に、今は店を畳んで気ままに暮らしている。

だいたい以上のようなことだった。視線が直接ぶつからない微妙な角度に目を向け、そこの一点を見つめつつ、小母さんは一息に喋った。その合間に手際よく巻き寿司を口に運んだ。彼女の身の上については何の興味もないらしく、あれこれ質問するようなことはなかった。彼女はただ黙って聞いていた。

「フランスですか……」

ピカレスクコートの新聞記事を読んだばかりだったからか、そこのくだりが一番気になった。

「ええ、そうなのよ」

「凱旋門って、どんなところですか」

「それはそれは立派な門よ」

留学時代の思い出について小母さんは再び淀《よど》みなく語りはじめた。

フランスなどという果てしもなく遠い場所へ行ったことがある。そう思うだけで小母さんを見る目が変わってきた。その長すぎる首も、粉をふいた皺だらけの額も、ビーズのハンドバッグも何もかも、フランスへ行ったとなれば話は別だった。どんなにうらぶれていても安っぽくても、慣れ親しんだ軌道を外れ、延々と続く道のりを進み、予測不能の不安に打ち克《か》ち、遥《はる》かな地に降り立ってそこの空気に触れたことだけは尊敬に値する。目の前の女性は、移動に耐えたのだ。

　改めて彼女は小母さんを見つめた。そんな大変な移動のあとで、どうして平気な顔をして巻き寿司を食べたり試食品をつまんだりできるのか、信じられない思いにとらわれた。もはやハンドバッグも子供だましではなく、威厳を帯びた光沢を放っているようでさえあった。小母さんはまだ喋り続けていた。唇の端に海苔《のり》の欠片《かけら》が貼《は》り付いていた。

　やがて小母さんはフランスに限らず世界各地を旅していることが判明し、更に彼女を驚かせた。愛人の社長とともに、宝石の買い付けとバカンスを兼ね、一年に二度も三度も海外へ出掛けたというのだ。

「あそこに飾ってあるのが全部、懐かしいお土産の数々、というわけなの」

　自慢げに小母さんは飾り戸棚を指差した。

「なるほど」

　部屋に漂うまとまりのなさはつまり、訪れた場所のバラエティの豊かさを意味し、移動距離の膨大さが自分を落ち着かない気分にしていたのかと納得した。そこには民族衣装を着たお人形もあれば、原色で塗られたお祭り用のお面もあった。棕櫚《しゅろ》の葉で編んだ笠《かさ》もあれば、ミニチュアのお城もあった。素焼きの壺《つぼ》、レースの敷物、栞《しおり》、スノードーム、岩塩の彫刻、ボールペン、スリッパ、状差し……とにかく雑多な品々が重なり合い絡《から》み合いしながら壁を埋め尽くしていた。

小母さんの話が一段落したところで彼女は失礼した。結局小母さんは七切れのうち五切れを食べ、代金の半分は払ってくれないままだった。

競馬場は夜の中に沈んでいる。月明かりを受け、かろうじて屋根だけがその輪郭を保っている。彼女はまたピカレスクコートのことを考える。一体どこまで、と問い掛けても誰にも答えてもらえず、ただ一頭の馬を慰めるためだけに暗闇に閉じ込められた彼の、茶褐色の体を思い浮かべる。遠くへ移動する、という呪《のろ》われた響きに怯《おび》えながら空の高みを運ばれてゆく彼の、せめてたてがみだけでも撫《な》でてやりたいと願い、到底届きはしないと分かっていながら手をのばそうとしている。馬に触ったことなどないのに、その感触が掌から伝わってくる気がする。たてがみはたっぷりとして瑞々《みずみず》しく、温かい。

照明灯も厩務員宿舎の明かりも消え、そこに生き物がいるとは思えないくらいに厩舎はひっそりとしている。馬たちは皆、眠っている。確固たる楕円の軌跡が約束された彼らは、遠いどこかに置き去りにされた一頭の馬のことなど何も知らない。

飛行機が一機、オレンジの光を点滅させながら夜空を横切ってゆく。モノレールの終点はあの飛行機につながって、それは自分が最も恐れる場所、遠く、へ飛んでゆくのだ、と今初めて気づいたかのように彼女は思う。雲に隠れたのかどこか引き返せない隙間に吸い込まれたのか、瞬きした瞬間、飛行機の姿は見えなくなっている。光の点滅だけがまぶたの裏に残っている。その点滅が、スーパーマーケットを巡る小母さんのハンドバッグの色と重なって見えてくる。ぺちゃんこのハンドバッグ一つあれば、何の心配もいらない。そんなふうに小母さんは颯爽《さっそう》と背筋を伸ばし、肘にそれをぶら下げ、飾り戸棚一杯分のお土産を求めて歩き回る。どんな遠い場所からでも平気な顔をしてちゃんと戻ってくる。

駅が近づいてきて、彼女は手提げ袋を持ち上げる。ビーズのハンドバッグとは比べものにならないこれほどの大荷物を抱えていれば、小母さんの何倍も遠くへ行けるはずなのに、やはり降りるべき駅で降りる。モノレールの軌道から外れないよう、用心深く夜道を歩き、アパートへ帰る。彼女の背中越しにまた一機、飛行機が飛び立ってゆく。

巻き寿司の一件以来、時折、出来合いのおかずを買って小母さんの家で一緒に晩御飯を食べるようになった。焼き鳥でもメンチカツでもローストビーフでも、小母さんが半分以上を食べ、彼女に回ってくるのはほんのわずかで、お茶は相変わらず出がらしだった。

そのお茶をすすりながら小母さんは、愛人と出掛けた旅行の話をあれこれしてくれた。どこも彼女が行ったことのない、恐らくこれからも決して行くことのないだろう場所ばかりだった。そこには目の覚める絶景があり、おとぎの国と見まごう町並みがあり、世界の終わりを予言する砂漠があった。博物館、植物園、オペラ座、修道院、ジャングル、遊園地、観光すべき所はいくらでもあり、レストランには美味《おい》しい料理が並び、アーケードには心そそられる土産物があふれている。時に置き引き、小さな病、列車の運休などトラブルが発生するが、やがてそれらも旅を彩《いろど》る笑い話に変わる。小母さんと愛人は手を携え、未知の国へずんずんと歩を進めてゆく。

小母さんの話は、一話一話が既に揺るぎない完成を見せていた。あらかじめ暗記し、何度も語ってきた物語を繰り返すように、すべてのストーリーが体に馴染《なじ》んでいた。質問を差し挟む間もなく、相槌《あいづち》を打つのも忘れ、彼女はひたすら耳を傾け続けた。疲れると、ただのぬるま湯と変わらないお茶を仕方なく飲んだ。

「これは、どちらのお土産ですか」

食事のあとは飾り戸棚を見せてもらった。目に留まった一つを指差すたび、すぐさま小母さんは答えを出した。イエメン、アイスランド、ボリビア、フィジー。小母さんが発音するとその遠い場所の名前は、いっそう神秘的な響きを帯びて聞こえてきた。

「じゃあ、こちらは？」

彼女は木彫りのスプーンを手に取った。持ち手に、ネズミかモグラか何かあまり可愛くない動物の顔がペイントされた、ものをすくうには少々不便そうな素朴なスプーンだった。

「チェコスロバキア」

彼女の手元をよく確かめもしないで小母さんは答えた。彼女は何気なくスプーンを裏返した。スーパーマーケットの隣にある雑貨店の値札が、貼ったままになっていた。その隣にあるガラスの文鎮にもブリキの自動車にも貝殻のネックレスにも、同じ値札が貼られていた。

ある日彼女は小母さんから、愛人のお墓参りに一緒に行こうと誘われる。向こうの家族への遠慮があり一度もお墓に参ったことがないのだが、自分も歳《とし》を取って何が起こるか分からない、この際、一度手を合わせておきたい、どうせなら一人旅より二人の方が楽しいじゃないか、と小母さんなりの理由を口にした。お墓は空港から飛行機で一時間半ほどの、北国の町にあるという。

一時間半飛行機に乗る。そうしなければたどり着けないとすれば、それはどんなに遠い場所であるか、彼女は途方もない気分に陥る。目まいがして思わず、ピカレスクコートのたてがみにもたれ掛かりたくなる。彼女の思いになどお構いなく、小母さんはその北国の町について語りはじめる。駅の中央広場に立っている愛人の曾祖父《そうそふ》の銅像について、重要文化財に指定された生家について、先代の土地を踏まずには町を横切れないと言われた伝説について、次から次へと話を繰り出し、息継ぎもせずに喋り続ける。

もはや小母さんの声は空耳のようにぼんやり霞《かす》んでいる。彼女はピカレスクコートのたてがみを撫でる。自分ではない誰かのために、遠く、まで行った心優しいピカレスクコート。どうか彼が無事に帰ってこられますように。彼女は一心に祈る。

約束の日、彼女はモノレールの終点、空港ビル駅に初めて降り立つ。同じモノレールでつながっているとは思えないくらい、慣れ親しんだ他の駅とは様子が違っている。天井が高く、銀色の照明があたり一杯にあふれ、無数の旅人が行き交っている。改札を出てすぐの、案内所の陰に彼女は場所を定め、小母さんを待つ。職業柄、人々の邪魔にならない場所に身を潜めるのには慣れている。

「もし小母さんが現れたらどうしよう」

小母さんを待つためにそこにいるはずなのに、どうしてそんなことをつぶやくのか、自分でも奇妙だと思いながら、似た人影を見つけるたび、びくっとしてしまう。その人影がビーズのハンドバッグを提げていないのを確かめて、安堵《あんど》する。

「もし本当にやって来たら、一緒に飛行機に乗れるのか」

繰り返し彼女は自分に問い掛ける。心のどこかでは、現れるわけがないと決め付けている。その証拠に、持って来たのは旅行鞄ではなくいつもの手提げ袋だ。どんな長い旅になっても心配のいらない大きな袋だが、中からはやはり鍋の柄がのぞいている。けれどもっと深い心の奥の一点では、小母さんの付き添いとしてなら、もしかしたら自分も遠くへ行けるのではないだろうか、という予感がしている。ディープインパクトの帯同馬となったピカレスクコートのように、小母さんに付き従って北国の墓地へ到着できるのではないだろうか、と。

モノレールが着くたび幾人もの人たちが改札口から出てきて、彼女の前を通り過ぎてゆく。複雑な矢印の指示に従い、正しい方向へと移動してゆく。天井に響く、どこか遠い町の地名のアナウンスが、彼女の頭上で幾重にも渦を巻いている。待ち合わせの時刻はとうに過ぎている。いつまで待っても小母さんはやって来ない。

今でも彼女は変わらずモノレール沿線のスーパーマーケットで、デモンストレーションガールをしている。定められた軌道を行き来し、決してはみ出さず、一点に立ち続けて試食品をこしらえる。小母さんは愛人の墓のことなど忘れて、試食品の周りをぐるぐる回り続ける。

秋になり、凱旋門賞でディープインパクトが三着に敗れる、というニュースを目にする。ほどなく帰国したのち、禁止薬物の検出による失格が伝えられる。ピカレスクコートが無事に帰ってきたかどうか、教えてくれる人は誰もいない。

ビーバーの小枝

到着出口の自動扉が開いた時、ごったがえす出迎えの人々の中から、私はほとんど一瞬で青年Jを見つけることができた。初対面にもかかわらず、同時に互いを認めて視線を交わし、微笑を送り合った。

「遠いところ、ようこそいらっしゃいました」

いかにも一生懸命覚えたフレーズを暗唱するように、彼は言った。

「お会いできて光栄です。お父様のこと、心からお悔やみ申し上げます」

私もまた、失礼がないようにと飛行機の中で練習した文章を、ゆっくりと発音した。

「どうも、ありがとうございます」

彼は会釈《えしゃく》し、はにかみとも悲しみともつかない、しかし穏やかな色合いを帯びた目を私に向けた。そして軽々とカートからスーツケースを降ろし、車のトランクに運び入れた。声にも仕草にも落ち着きがあり、茶色の髪は柔らかくカールし、背は見上げるほどに高かった。思い描いていたよりもずっとハンサムで、立派な青年に成長していた。

去年の秋、大学教授で翻訳家の父親が脳溢血《のういっけつ》で急に亡《な》くなったあと、今は息子の青年Jとその恋人が二人で暮らしているという家は、空港から車で一時間半ほど走った森の中にあった。高速道路を延々と北西に向い、いくつか小さな町を通り抜け、川沿いの林道に入った頃から一段と夜が深まって、あたりは黒々とした闇《やみ》に包まれていった。あらかじめ暗記しておいた台詞《せりふ》を口にしたあとは、どう会話をつなげていったらいいのかよく分からず、二人とも大人しくヘッドライトが照らす前方を見つめるばかりだった。彼はラジオの音楽や独りよがりのお喋《しゃべ》りで沈黙を紛らわそうとはせず、運転に専念していた。それでも時折、「気分はどうですか」「暑くありませんか」「どうぞ眠って下さい」と、私を気遣うための言葉を掛けてくれた。その口調にはすべて、「僕の言っている意味、分かりますか」というニュアンスが含まれていた。

「はい、大丈夫です。問題はありません」

私は答えた。気分は上々だし、暑くはないし、眠くもない。あなたの言葉はちゃんと分かる。それを伝えるために何度でも、問題はありません、を繰り返した。青年Jと私はお互い、相手に通じない言葉を使う者同士だった。

このまま夜の向こうへ吸い込まれてゆくのかと思うほどに長いドライブが続いたあと、不意にタイヤの音が柔らかい草を踏む感触に変わり、車がスピードを落としはじめた。やがて闇の遠い一点から近づいてくる、小さな光が見えた。懐中電灯を持って家を飛び出してきた恋人のＫ嬢だった。彼女はまるで私のことを、世界の一番遠い場所からやって来た、最も待ち焦《こ》がれた旅人であるかのように歓迎した。しかし残念ながら彼女の言葉もまた、私には半分くらいしか理解できないのだった。

私と青年Ｊの父親は、二十年近くにわたり、作家と翻訳家という関係にあった。結局、一度も会う機会はなかったが、翻訳家は常に私の小説を気に掛け、新作が出るたび熱心に読み込み、粘り強く翻訳を続けてくれた。私たちの間には、二人の名前が表紙に印刷された本が全部で十一冊残された。

生前、文学フェスティバルや出版社の招待などで会うチャンスは少なからずあり、幾度かは待ち合わせの日時まで決めていながら、なぜかいつも思いがけない不都合が生じて、キャンセルせざるをえなくなった。その都度、ではまた次の機会を楽しみに、ということになって月日が流れ、とうとう永遠に会えないままになってしまった。

私たちのやり取りはほとんどすべて手紙だった。電話は急ぎの用件がある時に限られ、あとは翻訳上の疑問点、質問、次作の構想、誕生日とクリスマスのお祝いから事務的な連絡事項に至るまで、百通以上の手紙を交わし合った。特に翻訳家は筆まめで、完成したばかりの新刊を航空便で送ると、担当編集者よりもファンよりも、誰より親身な感想を書き送ってくれた。自分のイニシャルが透かしに入った便箋《びんせん》に、ブルーブラックの万年筆で記された文字は最初から最後まで乱れがなく、文体は古風なほどに礼儀正しかった。けれど決してよそよそしいわけではなく、大学での出来事や出版社の人々の噂《うわさ》話などに関するユーモアと茶目っ気あふれる報告もあれば、森の風景を伝える詩のような描写もあった。

特に私が好きだったのは追伸で、そこには必ず息子Jについての長い文章が綴《つづ》られていた。

『昨日は午前中いっぱい二人で畑を耕し、ニンジンの種を植えました。Jは良い種と悪い種を上手に見分けます。少しでも色がくすんでいたり、形がいびつになっているものを見逃しません。ニンジンの種はとても小さいので、私はつい面倒になるのですが、Jは根気強くやり抜きます。一畝《うね》に植える分を掌《てのひら》にのせ、息で吹き飛ばさないようギュッと唇を閉じて、一粒一粒、選り分けていきます。やがて掌の上に、親指側と小指側、二つの島が出来上がります。実りをもたらす最小の生命に触れるに相応《ふさわ》しいのは、子供の指先なのかもしれません。秋、楓《かえで》が色づく頃には収穫できるでしょう。ニンジンとレーズンのサラダはJの好物です』
『ちょっとしたいさかいがあって、先週、とうとうJは一言も口を利《き》きませんでした。いわゆる、難しい年頃、というものです。最初腹を立てていた私も、しばらくすると自分の至らなさに情けなくなり、自己嫌悪《けんお》に陥ってしまいました。こういう場合、本来の意味からして親ばかという言い方は不適切なのかもしれませんが、この言葉を発明した人物は偉大です。私はばかです。そのことに気づかせてくれるのは、いつでもJです。無言の間、私とJを唯一《ゆいいつ》つないでいたのは、亡き妻のピアノでした。夜、大学から帰ってくると、譜面台に広げてあったバッハの、ゴルトベルク変奏曲の楽譜が数ページめくられています。昼間、Jが弾いたのです。次の朝、彼が友人とスケートに出掛けたあと、私はその続きを弾きます。Jのために、楽譜はめくったままにしておきます。こんなふうにして二人でゴルトベルク変奏曲を弾くのです。もっともピアノの腕は、Jにはかないません』
時に、本文よりも追伸の方が長い場合さえあった。用件より先に追伸を読みたくなる気持を抑えるには、いつも多少の我慢が必要だった。
Jが七つの時、音楽教師だった母親が癌《がん》で亡くなり、以来、翻訳家は男手一つで息子を育ててきた。私と翻訳家の交流はそのままJの成長と重なり合っていた。腕白で利発な子供時代から、〝難しい年頃〟を経て、美術系の大学に進学するため家を離れ、その後彫刻家として少しずつ自立の光が見えはじめた現在までの道のりを、私は追伸によって追いかけてきた。心の中で密《ひそ》かに彼のことを、追伸のボク、追伸の少年、追伸の青年、と呼び習わしていた。

翻訳家の死を知らせる手紙は追伸の青年Jから届いた。その手紙に、追伸はなかった。

手紙の他にも折に触れ、私たちはプレゼントを贈り合った。お手製の眼鏡ケースや、旅先で見つけた古代ローマ時代のコインや、いい香りのするローションや、そんな大げさではない品々だった。中でも最も忘れがたいのは、記念すべき最初の翻訳本が完成したお祝いに彼がプレゼントしてくれた、ビーバーの頭の骨だった。

『二か月ほど前、森を散歩している途中に見つけました。死んで随分時間が経《た》ち、綺《き》麗《れい》に白骨化しています。キツネか何かがくわえて来たのでしょう。頭以外の部分は見当たらず、ただこの頭《ず》蓋《がい》骨《こつ》だけが朝もやの漂う森の奥で、ひっそりと落ち葉の中に埋もれていました。野生動物の骨を見つけるのはさほど珍しいことではありませんが、ちょうどその日の早朝、あなたの小説を翻訳し終えたところだったという偶然から、つい手に取り、家へ持って帰ってしまったのです。ご存知のようにビーバーはあの小さな体で自分の何倍もある木を切り倒し、枯れ枝を運び、泥を積み上げて自らの棲《す》みかを建設します。彼らは実に勤勉な労働者です。あなたのお仕事がこれからいっそうコツコツと積み上げられ、森の中に、かつて誰も予想しなかった世界を生み出すものとなりますよう、お祈りしています。

ついでながら、骨は専用の薬品で消毒してありますから、ちっとも気味悪いことなどないはずです』

ビーバーの骨は古い毛布に大事に包まれていた。思いの外小ぶりで、片手に載るくらい軽く、しっとりとした乳白色をしていた。撫《な》でると、つやつやして気持よかった。一口に頭と言っても、それは数えきれない種類の形状を持つパーツの複雑な組み合わせだった。歯、顎《あご》、眼窩《がんか》、喉《のど》、鼻それぞれが忠実に自らの役目を保ちつつ、同時に独自の曲線美を描き、互いにつながり合って一つの形に納まっていた。出しゃばったり邪魔をしたりするラインは一つとしてなく、隅々にまで計算が行き届き、少しでも角度を変えるたび新たな表情が浮かび上がってきた。それでいてごく自然に、落ち葉の中から生まれ出てきたもののような素直さがあった。

寿命だったのだろうか。それとも天敵に襲われたのだろうか。歯は一本も欠けずに全部揃《そろ》っていたが、直径何十センチもある木を倒すというわりには、一本一本、決して巨大でも凶暴でもなく、むしろ心もとないほどに慎ましかった。ただ、それらは一段と滑らかな光沢を放ち、その光の内側に、ひたすら黙々と幹を削ってきた時間の堆《たい》積《せき》を秘めているように見えた。

早速私はビーバーの骨を仕事机の片隅に置いた。以来ずっと、動かすことはなかった。小説を書いている途中、ほとんど無意識にそれに手をのばし、掌で包んだり指先で撫でたりすることが少しずつ増えていった。うっすら目を閉じ、木立の間に漂う幹を削る音や、枝を運ぶ足音や、水中を滑ってゆく水かきの気配に耳を澄ませた。川を遮る堂々としたダムの姿を思い浮かべた。翻訳家が手紙で教えてくれる以外、ビーバーについてなど何も知らないはずなのに、そうしたもろもろをちゃんと感じ取っていた。ビーバーの骨に触れることは、混乱した言葉たちを落ち着かせるための号令であり、遠い森の奥で自分の小説を待っている人がいるのを思い出させるための深呼吸だった。

翻訳家の死を知った時、まず私はビーバーを見つめ、それに向って祈った。ビーバーは空洞の目で私のことを静かに見つめていた。

翌朝目覚めると、前の晩あたりを覆《おお》い尽くしていた暗闇がすっかり掃き清められ、木々の緑はもちろん、露に濡《ぬ》れた下草や柔らかく耕された畑の土や頼りなげに揺れているポピーの花や、何もかもすべてが目の前に立ち現れていた。特に驚いたのは窓の向こうに広がる池だった。自分のすぐそばにこれほど豊かな水があるとは、眠っている間少しも気づかず、ほとんど朝日と共に地中から湧《わ》き出してきたかのようでさえあった。

それはゲストハウスになっている離れと、青年Jたちが暮らす母屋《おもや》の間に悠々として広がり、表情豊かな茂みや低木に縁取られ、翡翠《ひすい》色の水をあふれんばかりにたたえていた。しきりにさえずる野鳥たちの声にも、梢《こずえ》をすり抜けて降り注いでくる朝日にも惑わされることなく、水面はただ平らなままで、わずかなさざ波さえ立てていなかった。

元は古い道具小屋だったというゲストハウスは、素朴な家具が使い勝手よく置かれ、隅々にまで掃除が行き届き、ベッドのシーツには気持よく糊《のり》がきいていた。私のために青年JとK嬢が十分に準備を整えてくれていたのがよく分かった。窓を開けると、水気を含んで心持ちひんやりした空気が流れ込み、同時に森の中からあふれ出るさまざまな種類の音たちが、一段とはっきり響いてきた。しかしそれでもなお、池を包む静けさが損なわれることはなかった。

母屋の窓越しに、朝食の支度をしているらしい二人の姿が映って見えた。食堂に面したテラスには、丸テーブルと椅子《いす》が並べられ、真っ白いテーブルクロスの端が風で揺らめいていた。私は急いで洋服に着替え、洗面台で身支度を整えると、池の縁をぐるりと走って母屋に向かった。それに気づいたK嬢はテラスに続く窓を開け、手を振りながら元気な声で呼び掛けてきた。

「よく眠れた？ゲストハウスは気に入ってもらえたかしら。さあ、朝ごはんにしましょう」

恐らくそのようなことを言っているのだろうと予測し、私は「はい、大丈夫です。問題はありません」と答えた。

焼き立てのパンと、そのあたりにいくらでもなっているという木苺《きいちご》のジャムを食べたあと、三人で簡単なサンドイッチを作り、長い散策に出掛けた。

「長靴が必要です。先週、雨がたくさん降った」

そう言って青年Jは納戸《なんど》の中から、よく使い込まれて履き心地のよさそうな長靴を貸してくれた。

「ママのです。だからとても古い。ごめんなさい」

その隣にはもう一足、寄り添うようにして小さな水色の長靴が置かれていた。〃追伸のボク〃のだ、とすぐに分かった。

三人の会話はひどくアンバランスだった。私と青年Jが、お互いに知っている数少ない単語をどう組み合わせようかと四苦八苦し、その結果おずおずとした、遠慮がちな態度となるのに対し、K嬢は通じようが通じまいがそんなことにはお構いなく、ありのままに朗らかに喋った。意味のやり取りはさておき、何かしら口から発していれば場は和むものだ、という信念に従い、たとえ私がピントはずれな受け答えをしたとしても全く気に留めなかった。

三人並んで歩いているうち、少しずつ私は会話の要領をつかんでいった。アンバランスに対し、身をゆだねる余裕が出てきた。意味を考えるより先に、笑ったりうなずいたりできるようになった。全部、K嬢のおかげだった。彼女は青年Jよりいくらか年上で、近隣の町にある小児病院で看護師をしていた。病気のせいで口がきけなかったり、まだ小さすぎて喋れない子供たちに対しても、きっとこんなふうに接しているのだろうと思わされた。

石造りのどっしりとした母屋を東側へ回ると、そこには翻訳家が亡くなる日の朝まで手入れをしていたという家庭菜園が広がっていた。町で暮らしていた青年Jが、父親の死後、実家へ戻ってきた大きな理由の一つがこの畑にあった。何年も掛けて堆肥をこしらえ耕した土を、放置してしまうのに耐えられなかったのだ。

ちょうど夏の野菜が盛りを迎えていた。トマト、ズッキーニ、ナス、トウガラシ、シソ、トウモロコシ、小玉スイカ……。明らかに見て分かる種類でも青年Jは、「家の野菜です」というどこか誇らしげな気持を込めつつ、一つ一つその名前を口にした。支柱が立ててあったり、寒冷紗《かんれいしゃ》が被《かぶ》せてあったり、それぞれに相応しい手入れがなされていた。畝は真《ま》っ直《す》ぐに伸び、株は等間隔を保ち、熟した実はどれも祝福を受けるように光を浴びていた。

「あれは？」

私はふと目に付いた、芽が出たばかりでまだ初々《ういうい》しい感じの一隅を指差した。

「ニンジンです」

彼は答えた。続けてK嬢が何か説明をしはじめた。おそらくニンジンの栽培方法についてだろうと推測できた。

いつか翻訳家が手紙で息子のことを、ニンジンの種を選り分ける天才、と評していたのを思い出した。私は青年Jの手を見た。それはよく日に焼けてたくましく、若き彫刻家として作品を生み出す力にあふれていた。しかしそれでもなお、息をするのも我慢しながら、掌の上で小さな種を根気強く選り分けていた頃の記憶が、指先の表情に残っているように思えた。たぶんK嬢は、翻訳家の代わりに、彼のニンジン栽培における才能を自慢しているに違いなかった。

そのあとは最近完成したばかりの、元家畜小屋を改装した彼のアトリエを見せてもらい、そこから糸杉の並木道を通って森の奥へとどこまでも歩いていった。落葉松《からまつ》の木立があり、泉があり、クローバーに覆われた拓《ひら》けた斜面があった。羊歯《しだ》の茂みから野兎《のうさぎ》が顔をのぞかせ、木々の間を色鮮やかな蝶《ちょう》が見え隠れし、蛇行するせせらぎの川《かわ》面《も》には魚たちの背鰭《せびれ》が映っていた。その間もずっと休みなく、空のどこかしらで野鳥が鳴いていた。よく晴れて太陽は高く上っていたが、木々の緑のおかげで日差しは柔らかかった。くたびれると適当なところに腰を下ろして休み、水筒のアイスティーを飲んだ。サンドイッチは風のよく通る高台の、ケヤキの木陰で食べた。

青年Jの言うとおり、長靴は正解だった。水溜《みずたま》りになったりぬかるんだりしている、日当たりのよくない窪《くぼ》みがあちこちにまだ残っていた。ママの長靴は歩きやすかった。時折、ゴムとゴムが擦《こす》れ合い、キュッキュッと可愛《かわい》らしい音がした。

互いの仕事について、好きな映画俳優について、得意な料理について、私たちはお喋りを楽しんだ。相変わらず、私と青年Ｊの間に生じる不器用な沈黙をＫ嬢が補充する、というスタイルだった。彼女の声は軽やかに透き通り、意味を失っても、小鳥のさえずりのように心地よく響き渡った。

なぜか三人とも翻訳家のことを話題にしなかった。私たちを結び付けているのは間違いなく翻訳家なのだが、まるでそんな事実など忘れてしまったかのごとく振る舞った。森にいる間は、今森にあるものだけで胸を一杯にしておきたい。そう、暗黙のうちに了解し合っていた。

森から戻ると、Ｋ嬢が池で泳ぎましょうと言い出した。

「えっ、ここ、泳げるんですか」

「はい、水はとても綺麗です。毎年、保健所が検査します」

一瞬ひるんだ私を見て、青年Ｊが言った。でも水着を持っていないし泳ぎは下手だし、とぐずぐずしている私を急《せ》きたて、Ｋ嬢は自分の水着を持ち出してきて着るよう勧めた。テカテカしたオレンジ色の、明らかに私には派手すぎる水着だったが、泳ぐ気満々の彼らを白けさせるのも悪いと思い、仕方なく付き合った。

縁の石段を降り、そろそろと足先を浸すと、案の定身が縮むくらいに水は冷たかった。慣れた彼らはすいすいと自由な方向へ進み、底へ潜ったり、水を掛け合ってじゃれたりしていた。私は慎重に、溺《おぼ》れそうになったらすぐ草をつかめるよう、縁に沿ってしばらく歩き、深さを確認した。底はザラザラして、足の裏が痛かった。

「ここまでいらっしゃいよ。心配しなくても大丈夫。ちゃんと足が届くから」

池に入ったK嬢はいっそう溌剌《はつらつ》として見えた。水に反射する光を受けて、顔も濡れた髪も雫《しずく》の垂れる指先も、すべてが輝いていた。その隣で青年Jは、彼女の肩を抱きながら笑みを浮かべていた。池に張り出したミモザの枝が風にそよぐたび、光も刻々と色を変えて揺らめき、私たちが立てるさざ波と一緒になって水面を広がっていった。そのきらめきが二人を包んでいた。

勇気を出して私は水に顔を浸《つ》けた。その途端、さっきまで見えていたはずの翡翠色がすうっと底に沈み、思いがけず透明な視界が広がった。砂の粒か、枯れ枝の切れ端か、小さな生き物か、何かが目の前をゆらゆらと漂っていたが、濁りはなく、差し込む木漏れ日がそのまま水中にも届いて、幾筋もの光の帯を作っていた。

私は二人を目指して泳いだ。自己流の平泳ぎで漂うものたちを掻《か》き分け、光の帯を蹴《け》った。

「上手、上手。その調子」

励ますK嬢の声が、水音と一緒になって聞こえてきた。冷たさも忘れ、怖さも忘れ、自分が何のためにそこへ来たのかも忘れて、私はひたすら声のする方へ泳いだ。


「二階へ、行きましょうか」

青年Jがそう言ったのは、池から上がり、服を着替えてテラスのテーブルで冷たいものを飲んでいる時だった。

「二階の、父の書斎を見てやって下さい」

太陽はいつしか西に傾きはじめ、ついさっきまで日差しにあふれていた池も、ミモザの影に半ば覆われていた。

「はい、ぜひ」

私は答えた。それを合図にしたかのようにK嬢は立ち上がり、テーブルのコップを片付け、そろそろ夕食の準備に取り掛からなくちゃね、とでもいう様子でキッチンに入っていった。

青年Jは私を先導し、階段を上ってすぐ正面にある、胡桃《くるみ》の木でできた重々しい扉を開けた。そこが翻訳家の書斎だった。

死んでしまった人の居場所だとは思えないほど、生気にあふれた部屋だった。飴色《あめ》に使い込まれた仕事机、壁一面の書棚、寝椅子、古風なステレオ、チョコレートの箱とチェス盤が載ったティーテーブル、数脚の椅子、エキゾチックな模様の敷物、写真立てが並ぶチェスト、そして形見のピアノ。そうした調度品がバランスよく配置され、それでもまだ広々としてゆとりがあった。東と北にある二つの窓には、夕暮れの訪れを知らせるぼんやりとした光が映り、天井の梁《はり》の間やピアノの下には薄い闇が忍び込もうとしていた。翻訳家の性格のとおり、本も書類もレコードも几帳面《きちょうめん》に整頓《せいとん》されていたが、そこかしこに部屋の主の名残がまだ漂っていた。チェス盤は戦い半ばといった感じで決着はついておらず、寝椅子のブランケットは無造作に丸まり、ピアノの譜面台の楽譜はやはり、広げられたままだった。

青年Jに促され、私は部屋の中をゆっくりと歩いた。書棚の一角には私の本がまとめて並べてあった。それは大きな書棚の、ほんのわずかなスペースを占めているに過ぎなかった。けれど翻訳家と私が成した仕事の、間違いない証《あかし》としてそこにあった。

石の壁はひんやりとし、床は時折軋《きし》んだ。昼間鳴いていた野鳥の声はいつの間にか静まり、あとはただ、キッチンにいるK嬢の気配が遠くに聞こえるばかりだった。部屋を一周し、見るべきものにすべて目をやり、耳を澄ませ、赤ん坊のJを抱く奥さんの写真にそっと触れた。それから最後に仕事机の前に立った。

「父は早起きでした」

青年Jは言った。

「夜明け前に起きて、翻訳の仕事をします」

東の窓からは畑がよく見えた。刻々と上ってゆく朝日に照らされ、輝きはじめる野菜たちを見つめながら仕事机の前に座る、翻訳家の姿が浮かんでくるようだった。机には途中になってしまった仕事がそのまま残っていた。付箋が貼《は》られ、書き込みがされた本には翻訳家の体温が染《し》み込み、ノートにはいくつもの言葉たちが走り書きにされ、その脇《わき》では数冊の辞書が出番を待っていた。革張りの椅子は主の体をなぞるように変色し、クッションには窪みができ、翻訳家がいかに長い時間をそこで過ごしたかが偲《しの》ばれた。

ふと私は、机の片隅に小型の画板が置かれているのに気づいた。そこにはなぜかさまざまな形をした小枝がいくつも散らばっていた。

「これは翻訳の時、一番必要なものです」

小枝の一本を手に取り、青年Jは言った。よく見るとそれは普通の枯れ枝ではなく、すっかり皮が剝《は》がれ、象牙《ぞうげ》のようにすべすべになっていた。

「ビーバーが齧《かじ》った枝です」

「ビーバー？」

　思わず私は問い返した。

「はい。見事に皮を齧ります」

　小枝を指先で撫でながら彼は言った。

「翻訳をスタートさせる時、父はまず森を散歩します。小説を心に浮かべて歩きます。ビーバーの小枝を見つけると、拾います。その一つ一つを、登場人物だと思ってポケットに仕舞います」

　通じていますか、という目で彼は私を見つめ、はい、もちろんです、という目で私はうなずいた。

「画板に彼らを並べます。小説の世界をここに描きます。場面が移り変わると、小枝を動かします。そうやって翻訳します」

　私は青年Jから小枝を受け取った。小さな瘤《こぶ》があり、先が二股《ふたまた》に分かれていた。その乳白色には一切の濁りがなく、滑らかな感触は、思わず掌で握り締めたくなるほどだった。枯れているにもかかわらず、ビーバーの勤勉な労働のおかげで、別の種類の生命を授けられたもののように見えた。

私は自分の仕事机に置かれたビーバーの骨を思った。一字一字、違う言葉に置き換えて行くという途方もない道のりを、ビーバーの小枝を頼りにして歩んだ翻訳家のことを思った。位置がずれてしまわないよう大事に、画板の元あった場所にそれを戻した。

すっかり日が暮れていた。森は暗がりの向こうへ遠ざかり、空に残っていた西日は、夜の色に紛れようとしていた。北向きの窓に映るアトリエも、輪郭がにじんでぼんやりして見えた。

「一つ、お願いがあるのです」

私は言った。

「ピアノを弾いてくれませんか」

青年Jはうなずき、ピアノの前に腰掛け、開いてあった楽譜に目をやったかと思うと、毎日繰り返していることの続きのように、ごく自然に弾きはじめた。バッハだった。ゴルトベルク変奏曲、第25変奏。

調べは夕闇を震わせ、二人を包み、ゆっくりと部屋の中を満たしていった。本たちもチェス盤もビーバーの小枝も、そこにあるものが皆目を伏せ、耳をそばだてていた。ニンジンの種を上手に選り分けられる彼の指は、鍵盤《けんばん》の上でも優美に動いた。横顔にはカールした髪が掛かり、より陰影を濃くしていたが、楽譜に映る父と母の面影を見ようとする目は、りりしく澄んでいた。ペダルを踏む足元は、まだ長靴を履いたままだった。

第26、27変奏まで弾いたあと、彼は立ち上がった。私が拍手をすると、恥ずかしそうにお辞儀をした。第28変奏のページが開かれた譜面台の楽譜はそのままにして、彼はピアノの蓋《ふた》を閉じた。

その夜、ベッドに入る前、私はもう一度池で泳いだ。玄関ポーチの電灯と満月のおかげでさほど暗くはなく、すぐに目が慣れた。二人はまだ起きているらしく、二階の一室から明かりが漏れていた。

昼間より水は冷たく、闇が溶け込んでいる分だけ濃度が高くなって肌にしっとり吸い付いてくるようだった。顔を浸け、目を凝らしても水の中には何も見えなかった。縁に沿ってそろり、そろりと泳ぐと、思いの外水音が大きく響き、それに合わせるようにして風にしなるミモザの枝が葉を鳴らした。森の奥では、生き物の遠吠《とおぼ》えか木々のざわめきか、何かしらの音が絶えずしていた。

半周ほど泳いだところで、突然、水流が変わり、すぐ脇を小さな塊がすり抜けていった。一瞬視界の隅をかすめたそれは、何の苦もなく、恐れもなく、一筋に池の中央へ向って遠ざかっていった。と同時に水流が鎮《しず》まり、さざ波が作る模様も消えてしまった。

「ビーバーだ」

私はつぶやいた。その声はどこにも届かず、ただ池に吸い込まれてゆくばかりだった。私はミモザの枝につかまって底に足を着けた。ふと気になる感触が伝わり、しゃがみ込んで足の裏にあるそれを拾い上げ、月明かりに照らしてみた。ビーバーの小枝だった。頼りなげな明かりの下でも、つややかに光って見えた。

その小枝は、ビーバーの骨の隣に置かれている。書きかけの小説の前に座り、昨日までの分を読み返そうとして呼吸が整うのを待っている間、あるいは誰もが寝静まった真夜中、どうにも行き先が見えず立ち往生し、ついため息を漏らしてしまうような時、ビーバーを見やる。小枝を掌に載せ、しばらくじっとしている。するといつか訪ねた遠い森の風景がよみがえってくる。

翻訳家は日も上りきらないうちから起き出して、一つの文章を吟味し分解し組み立て直しては、新しい姿に生み直している。何回でも辞書を引き、メモを取り、場面が変わると、画板の小枝を動かしてゆく。窓からは、露に濡れながら朝日を待ちわびる野菜たちが見える。青年Jは元家畜小屋のアトリエで、まさにビーバーのように木を削る。何ものかがそこに潜ませた形と出会うため、鑿《のみ》を打ち下ろしてゆく。夕暮れ時になると母屋に戻り、長靴を履いたままピアノの前に座る。母の形見のピアノで、ゴルトベルク変奏曲の続きを弾く。やがてキッチンから夕食を知らせるK嬢の声が聞こえてくる。たとえ昼間、病気の子供を看取《みと》ったばかりだったとしても、彼女の声に陰《いん》鬱《うつ》さはなく、いつでも快活と慈《いつく》しみに満ちている。

森のどこかではビーバーが自分の棲みかをこしらえるため、太い木と格闘している。自分に与えられたささやかな歯で、諦《あきら》めることも知らないまま幹を削ってゆく。不意に、その瞬間はやって来る。一本の木が倒れる。地面の揺れる音が森の奥に響き渡る。しかし誰も褒めてくれるものはいない。ビーバーは黙々と労働を続ける。

もう決して会えない人も、たぶん二度と会うことはないだろうと思う人も、骨の姿でしか出会えないものも、隔てなく私の胸の中に浮かんでくる。皆、自分の仕事をしている。私は小枝を置き、再び小説を書きはじめる。

ハモニカ兎《うさぎ》

早朝、男はいつもどおり、広場の中央に設置された日めくりカレンダーをめくり、一の位を9に、十の位を4にした。

［オリンピック開幕まであと149日］

毎日この数字を一つずつ減らしてゆくのが男の役目だった。大して難しいことではない。うっかり寝過ごしたり、位を間違えたりしないよう多少の注意を払えばいいだけの話だった。

「もう、五か月を切ったのか」

男は一人、つぶやいた。広場にはまだ夜の闇《やみ》が漂い、群青《ぐんじょう》色の空は暗く、朝日の気配は遠かった。そこかしこに先週降った雪が薄汚れた塊になって残り、噴水は底に落ち葉やゴミを溜《た》め込んだまま凍りついていた。広場に面した店々はシャッターを閉ざし、ともっているのはただ男の店の小さな明かりだけだった。

代々、朝食専用の食堂を営んできた男の一家は、最も広場に近く、最も朝早く開店するという理由だけから、日めくりカレンダーをめくる役目を長く担《にな》ってきた。何かしら特別な出来事が起こる時、村では広場の噴水脇《わき》に、当日までの日にちをカウントするボードを掲げるのが常となっていた。物見櫓《ものみやぐら》の完成、彗星《すいせい》の接近、ラジオ放送開始、運河の開通、トロリーバス第一便出発、産業博覧会開催、村立劇場の閉鎖……。それらすべてにおいて、男の曾祖父《そうそふ》、祖父、大伯父、父、長兄たちが一日一日、0になるまでひたすら数字を減らし続けてきた。イベントの大小に合わせ、スタートには365か、200か、100か、そういうきりのいい数字が選ばれた。いずれにしても一旦《いったん》設置されれば、あとは男の一族に責任が委《ゆだ》ねられた。

彼自身は過去に二度、外国製飛行船の飛来と、村出身の偉人没後五百年の際に係を務めた経験があったが、オリンピックの華々しさに比べれば、それらはささやかなイベントと言わざるをえなかった。姉妹都市を結んだ記念に北方の半島から飛んできた飛行船は、村の外れにある練兵場跡地に着陸した途端故障し、ガスを抜かれて腑抜《ふぬ》けた姿のまま長く放置されていたし、没後五百年については、宗教指導者であったらしいという以外、その偉人のことを知っている人はほとんど誰もいないありさまだった。

しかしオリンピックは格別だった。最初に［365］のカレンダーが設置された時には、ケーブルテレビのカメラマンと地元紙の記者が取材に来た。観光客たちは数字の前で記念写真を撮り、男の食堂にやって来る常連客たちは、挨拶《あいさつ》代わりにオリンピックの話題を持ち出してきた。駅、役場、学校、郵便局、あらゆる場所にオリンピックを称《たた》える垂れ幕が下がり、幟《のぼり》が立っていた。風の強い日には、それらがなびくパタパタという音があちこちから聞こえてきた。数字が一つ減るごとに、村を包む熱気は高まっていった。

ただし正確には、オリンピックが開催されるのは五十キロ以上離れた大きな街で、メインスタジアムも主要な種目の競技場も選手村もすべてそこにあり、村ではたった一つの競技が行われるに過ぎなかった。もちろん人々もその事実をよく理解していた。いくら盛り上がっているとはいえ、本式の開催地とは比べものにならないことも、何かの間違いで飛び散ったインクの染《し》みのように小さな村の名前など、世界中誰一人、気に留めていないだろうことも。

けれどそれがどうしたというのだろう。たった一つであろうと、オリンピックの競技が村で行われるのに間違いはない。村史に残る名誉ではないか。そもそも村の規模からして、丁度それくらいが身の丈に合っているのだ。と、皆が自分に言い聞かせていた。

当然ながら村に競技場はなく、新たに建設されることになったのだが、まだ完成はしていなかった。柵《さく》に囲まれた工事現場のそばを通るたび人々は、どんな建造物が出来上がるのかと期待を膨らませつつ、一体いつになったら完成するのだろう、本当に間に合うのだろうか、という一抹の不安を抱いた。工事は一向にはかどらず、クレーン車やショベルカーやタンクローリーが目立つばかりで、どこがどう進展しているのか見極めるのは難しかった。建設場所が例の故障した飛行船の飛来地、練兵場跡地であるのもまた、どこか不吉な予感をもたらした。

しかし人々を真に不安がらせたのは、工事の難航でも飛行船の呪《のろ》いでもなかった。そこで行われる競技がどういうスポーツなのか、村民の誰一人よく知らないという事実だった。初めてそのスポーツの名を耳にした時、皆、そんな競技が果たしてオリンピック種目にあっただろうか、と正直に思った。映像でも実物でも試合を目にした経験がある者はおらず、ルールも分からなかった。ボールを使う団体競技で、かなり広いスペースを要し、試合時間は数時間に及ぶらしい、といった細切れの情報が入ってきてもなお、全体像をイメージするのは難しかった。

男の食堂にも何人か、建設現場で働く者が朝食を食べにやって来た。

「どんな具合だ？」

「屋根は中途半端《はんぱ》なままでいいのか？」

「無闇に高いあの二本のポールは何だ？」

客の幾人かは少しでも不安を解消しようとして彼らに質問したが、返ってくるのは頼りなくあいまいな答えばかりだった。

「はあ、さてなあ……」

競技の全容をあらわにするのをためらうように、日めくりカレンダーの数字が150を割ってもまだ工事はのろのろしたままだった。もしかしたら最初からそうしたスポーツは存在せず、工事の遅れはその発覚を恐れてのことではないのか。時に人々はそんな妄想にかられた。すると慌《あわ》てて頭を振り、妄想を払い落とし、間違いなくオリンピックは開幕するのだ、どんなにマイナーな競技であろうとそれが村の身の丈には合っているのだ、と自らを励ました。

誰が発案したのかは不明だが、日めくりカレンダーはハモニカ兎《うさぎ》をデザインしたものと伝統的に決まっていた。ハモニカ兎は村のシンボルとして役場が認めた動物で、昔は少し山へ入ればいくらでも姿を見ることができたが、男の祖父の時代に絶滅した。それは何の変哲もない野兎だった。体毛は茶褐色、大きさは三十センチほど。よく発達した後ろ脚のためにずんぐりとして見える。耳介は頭部のやや後ろ寄りに二本並行して伸び、目は灰色で、白い縁取りがある。兎という言葉を最も忠実に再現したかのような、原始的な形を残している。唾液《だえき》を付着させた前脚を顔の正面で合わせ、口元の汚れを落としている姿が、ハーモニカを吹いているように見えたため、その名称がついたと言われている。

男が物心ついた時、既に彼らは絶滅しており、写真でしかその姿を見たことはなかった。絶滅の原因は乱獲に他ならず、目的は食用としての肉と、毛皮と、もう一つ胃の中にある石だった。植物の消化を助けるための胃石は雛豆《ひなまめ》ほどの大きさがあり、濁りのない黒色をし、一羽が必ず二個持っていた。胃の中を転がり続けているせいか滑らかな球体をしていた。その胃石に解毒《げどく》作用があるとされ、昔の人々はハモニカ兎を好んで撃ち殺し、胃を切り裂いて石を二個取り出しては薬局に持ち込んだ。そうこうしているうち、いつしかハモニカ兎は姿を消してしまった。

胃石なら男も実物を目にしたことがあった。祖父が数個、ガラス瓶に入れ、寝室の戸棚に仕舞っていたからだ。祖父は熱心な胃石信奉者で、煙草《たばこ》代を節約してお金を貯《た》めては知り合いのハンターから一個ずつ購入し、家族を病から救ってくれる魔法の薬として大事にしていた。男が覚えているのはそのあまりにも深い色合いだった。どんなに長く見つめ続けても、黒以外の何ものもそこに映し出されない、純粋な黒をしていた。ハモニカ兎の胃の中で、きっと一生光に当たることもないはずのものだから、こんなふうに黒いのだろうと、男は子供心に考えていた。当たるはずのない光にさらされて、小石たちが怯《おび》えているのではないかと心配し、戸棚の奥へと小瓶を押し込めたりもした。しかしそれでもなお小石たちが気になってたまらず、祖父に内緒でこっそり掌《てのひら》に載せ、飽きずにいつまでも眺めていた。色とともに彼を魅了したのはやはりその丸さだった。いくら人間が手をかけても、これほど滑らかで完全な球をこしらえるのは不可能だろうと思われた。ほんの少し掌を傾けただけで、光の届かない元の居場所へ戻ろうとするかのように、コロコロと転がった。

六つで麻疹《はしか》に罹《かか》った時、男は一度だけハモニカ兎の胃石を飲んだ。医者が命の保証はできないと言うほどの重症だったが、祖父はあきらめなかった。高熱にうなされる孫の枕元《まくらもと》で、瓶の蓋《ふた》を開け、ハモニカ兎に祈りを捧《ささ》げるようにして一個を取り出すと、乳鉢ですり潰《つぶ》しはじめた。石は硬かった。底なしにぎゅっと凝縮された黒色が最後の抵抗をするように、簡単には割れなかった。それでも祖父は根気強く乳棒をかき回し続けた。ゴリゴリという音がやがてジャリジャリに変わり、少しずつシャリシャリと柔らかい音になっていった。一定のリズムを刻むその音は、遠い夢の世界から届く音楽だった。

「あっ、ハモニカ兎が演奏している」

ぼんやりした頭で男は耳を澄ませた。ハーモニカの音色の底には、まるで伴奏をするかのような、転がる小石のぶつかり合う微《かす》かな音が聞こえていた。

オブラート二包み分の胃石のおかげか、麻疹はほどなく治癒《ちゆ》し、発疹《ほっしん》の跡も残らなかった。孫の無事を見届けると、入れ代わるようにして祖父が、胃石を飲む間もなく脳溢血《のういっけつ》で死んだ。

とある科学者がハモニカ兎の胃石に薬効はなし、との研究結果を発表したのは、彼らが絶滅してからかなりの年月が経《た》ったあとのことだった。もっと早くに分かっていれば絶滅せずにすんだものを、と気の毒がる者はほとんどいなかった。いくらでも品種改良をして増やせる兎の、一つの種類が絶滅しようがしまいが、大方の人々にとっては大した問題ではなかった。真っ黒な小石を抱え、ハーモニカを吹く兎は、誰に惜しまれもせず山奥でひっそりと息絶えた。ただ男は戸棚に残された胃石を、いくら薬にならないからと言って捨てる気にはなれず、身代わりとなってくれた祖父の形見としてずっとそのまま取っておいた。

日めくりカレンダーは、イラスト化されて金属パネルになったハモニカ兎の、両耳に引っ掛けてぶら下げる形で設置された。何年にも渡って同じものが使い回しされてきたが、オリンピックに際し、思い切って作り直された新品だった。兎は後ろ脚で立ち、大きく目を見開き、両耳をピンと立てている。身長は百五十センチほどもある。実際の毛皮の色よりもずいぶんと明るいベージュに塗られ、耳の内側はピンク色をしている。もちろん前脚は名前の通りにハーモニカを吹いている。そんなことをしなくても兎の得意技が何なのか皆承知しているはずなのに、ご丁寧にも指の間には作り物のハーモニカが握られている。

鎖で耳にぶら下げられたカレンダーのおかげで、兎はどこか不安げに見える。思いも寄らず大きなボードを頭上に掲げられ、どうしていいのか戸惑い、外してもらえればありがたいのだがと願いながら誰にも聞き入れてもらえず、それでも精一杯ハーモニカを吹いている。男の目にはそんなふうに映った。風の強い日にはパネルがカタカタと震え、倒れるのではないかと心配し、仕事中でもカウンターから幾度となく兎の様子を窺《うかが》った。いくら裏側に支えがあるとはいえ、一旦ぐらつけば、ハーモニカを演奏中の兎は自分の身を前脚で支えることができないのだ。

「すまないね」

カレンダーをめくる時必ず男は兎にそう話し掛けた。毎朝、数字を一つ減らせるのがせめてもの慰めだった。オリンピックの開幕が近づくことより、ハモニカ兎の支えるべき数字の重みが少しでも小さくなることの方が、男にとっては意味深かった。カレンダーをめくったあとも男は、バランスが上手《うま》く保てるよう、耳が痛くならないよう、いつまでも鎖をいじっていた。

なぜ男の家の食堂が代々朝食だけしか出さないのか、なぜ昼間や夜営業しないのか、はっきりした理由はよく分かっていない。内装やメニューに多少の変化はあるものの、広場に最初に店を開いた曾祖父の頃から変わらずずっと、朝食専門だった。開店は六時から六時半の間、閉店は十一時と決まっていた。夏休みやお祭りやクリスマスでどんなににぎわう日でも、午前十一時が来ればぴたりと扉を閉ざし、シャッターを下ろして店じまいした。

元々遺伝的な体質なのか、あるいは受け継がれる商売の形態からそうなったのか、男の一族は皆酒が一滴も飲めなかった。酒を毛嫌いするのと同じくらい酔っ払いが苦手だった。そこでアルコールを扱わなくても済む朝食専門店にしたのだろうと、一応はそういうことになっていた。

子供の中には面白がって、吸血鬼の一族なのでは、と噂《うわさ》をする者もあった。学校で

男はしばしば、吸血鬼だとはやし立てられ苛《いじ》められた。しかし祖父に泣いて訴えても、

「放っておきなさい」

と言うばかりで、吸血鬼でない理由は何も説明してくれないまま、十一時になるとやはり、夜の気配を恐れるように店の扉を閉ざすのだった。

メニューは数種類のパンとコーヒーと紅茶、フレッシュジュース、卵料理にハム類、コーンフレーク、ヨーグルト、オートミール等々、目新しいものは何もなかった。ただ食材の品質にはこだわりがあり、乳製品や果物は近所の農家から新鮮なものを仕入れ、多少割高になっても厳密に選び抜いた品しか使わず、お客さんの口に入るものすべてにおいて、店独自のより厳しい賞味期限を設定していた。更に念入りなのは衛生管理で、キッチンはもちろんカウンターもテーブルも毎日、徹底的に磨き上げていた。食器類はしつこく繰り返された熱湯消毒のために、模様が半分消えかかっているほどだった。

遅くとも四時過ぎに男は店に入る。洗いたてのエプロンをし、腰の後ろで紐《ひも》をきつく縛り、前日の掃除で行き届かなかったところを綺麗《きれい》にしてゆく。コーヒー豆を挽《ひ》き、果物を切り分け、卵を割りほぐす。テーブルクロスを広げ、紙ナプキンを補充し、新聞をバインダーに挟む。やるべき仕事はいくらでもある。やがてパン屋の青年が配達

にやって来る。たった今窯《かま》から出したばかりといった感じの、まだ温《ぬく》もりの残るパンを手際《てぎわ》よくキッチンの中へと運び入れてくれる。シナモンロールのアイシングは固まりきらずに甘い匂《にお》いを放ち、クロワッサンは音がしそうなほどパリパリしている。

「ゆっくりしていきなよ」

男は青年を引き止め、コーヒーを一杯ご馳走《ちそう》する。朝一番のコーヒーは毎日、パン屋の青年のために淹《い》れられる。まだ見習いの彼にゆっくりする時間はなく、立ったままコーヒーを飲み干すと、「ご馳走さまでした」の言葉を残し、次の配達先に向けて慌《あわ》しく去ってゆく。カウンターのガラスケースにパンを並べ終える頃、仕入れから戻ってきた花屋の店主か夜勤明けの警備員か一人暮らしの不眠症の老婆《ろうば》か、誰か最初の客が現れる。季節によってはその頃空が白みだし、ハモニカ兎にもようやく朝日が差しはじめる。男は生来の生真面目《きまじめ》さからもう一度カレンダーを見やり、数字が間違っていないかどうか確かめる。

商売柄、夜の付き合いをしないせいで、男には友人が少なかった。祖父も父も兄も、皆そうだった。店を隅々まで自分の思うとおりピカピカにすること以外、他に大した楽しみはなかった。二十代の半ばに一度結婚して双子の娘を授かったが、若くして亡《な》くなった兄の代わりに店を継いでから夫婦関係が上手くいかなくなり、結局離婚した。

娘を連れて妻が家を出て以来、男は一人で暮らしてきた。入学式やバレエの発表会や成人式や、節目には娘たちの写真が送られてきた。幼い頃に別れたきりだったが、何年経《た》っても、いくら彼女たちが成長しても、男は二人の顔をちゃんと見分けられた。相次いで二人は善良な伴侶《はんりょ》と出会い、オリンピックが開催される街よりも更に遠いところへ嫁いでいった。娘たちの写真は、ハモニカ兎の胃石が入った小瓶と同じ棚に並べられている。

自分が死んだあとはどうなるのだろう、と時折男は考えた。娘はもちろん甥《おい》や姪《めい》たちも皆村を離れ、こんなちっぽけな店を継ごうとする者がいるとはとても思えなかった。しかし店は畳めば済むだけの話で、本当に気掛かりなのはカレンダー係の務めだった。オリンピックが終わってもまたいつ何が起こるか分からない。いつ偉人の生誕祭が訪れるか、いつ飛行船が飛んでくるか。そうしたら誰がハモニカ兎の頭上に掲げられた重しを、減らしてやるのだろう。

そう胸の中でつぶやいてから男はため息を一つ漏らした。自分が死んだあとのことを考えてどうなる？　そこに自分はいないのに。男は時計に目をやり、十一時になったのを確かめ、店のシャッターを下ろした。広場にあふれるざわめきとハモニカ兎がシャッターの向こうに遠ざかり、男は一人暗がりの中に取り残された。

夜明けの時間が早くなり、噴水の氷が溶け、広場に集まってくる小鳥たちの種類が移り変わってゆくのに合わせ、順調に数字は減っていった。街から伝わってくるニュースにも、いよいよという雰囲気が感じられるようになった。聖火が採火される。選手村の部屋が公開になる。記念切手が売り出される。コンパニオンの制服がお披露目になる。しかし村の人々にとってそれらはやはり、遠いところの出来事に過ぎず、彼らの関心はどうしても建設途中の競技場に向くのだった。

それは相変わらず中途半端な姿を曝《さら》していた。円でもなく長方形でもなく、体育館のようなきちんとした建物に覆《おお》われる気配もない。簡便なフェンスに取り囲まれ、ただ無闇に広々しているだけで、球技にもかかわらずゴールらしきものさえ見当たらない。だからこそ不意に役場が競技場の完成を宣言した時には、皆が驚いた。「オリンピック開幕まであと78日」のことだった。

自分の目で確かめるため、人々は練兵場跡地へ三々五々集まってきた。なるほど工事車両も作業員も姿を消し、芝生が植えられ、フェンスには完成を祝う横断幕が掲げられていたが、それ以外、一か月前と比べてどこがどう変化したのかよく分からなかった。これで本当に完成なのだろうか。誰の心にもその疑問がよぎった。けれど一旦口に出してしまえば、そもそもそんな競技など存在しないのではないか、という前々からの不安が現実のものとなってしまいそうで、皆余計なことを口走らないよう慎重に言葉を選んだ。

「十分に広い」

「何千人の観客でも入れそう」

「あの白いマークは何だろう」

「きっと陣地の境界線に違いない」

不安が頭をもたげるたび人々は横断幕に目をやり、そこに踊る［祝］の文字を見つめて自らを励ました。しかしその横断幕も、役人がきちんとロープを結ばなかったためか、だらしなくたるみ、［祝］の字はその派手な朱色に反してしょんぼりうな垂れていた。

それでも村人たちは各々《おのおの》、自分なりのやり方でオリンピックを盛り上げようと努めた。ほんのわずかなスペースを見つけてはポスターを貼《は》り、噴水の底を掃除して水を五色に染め、資金難で参加が危ぶまれる国があると聞けば、バザーを催して募金を集めた。公認グッズの売り場を確保するため、土産物屋は陳列棚を模様替えし、レストランは五輪特別メニューを格安で提供し、子供たちは学校で、公式ソングの合唱の練習に励んだ。

そして男はハモニカ兎の日めくりカレンダーをめくり続けた。二桁《けた》になると三桁の頃より数倍、減るスピードが増すように感じるものだと経験上知っていたが、オリンピックの場合は尚更《なおさら》だった。二桁に突入してから、男はより慎重にカレンダーと耳のバランスを整えた。風の具合で噴水の水が兎に飛び散っているのに気づくと、微妙に位置をずらし、足で蹴《け》ったり物をぶつけたりする心無い観光客があれば注意した。子供が誤ってアイスクリームを後ろ脚に落とした時には、すぐに洗い落とした。染みが残るかと心配したものの、店に取り揃《そろ》えてある強力洗剤のおかげで事なきを得た。

村で唯一《ゆいいつ》行われる競技について役場が説明書を作成し、配布したのは、村民全体の心に巣くうルールへの不安を解消するのが目的だった。しかし残念ながら彼らの意気込みは、さほどの成果を生まなかった。むしろ逆効果でさえあった。課長補佐が街へ出張し、本部実行委員会の競技担当者からレクチャーを受け、ルールブックを丹念に読み込んで完成させたというそれは、十六ページにわたる苦心作で、要所には課長補佐自ら描いたイラストも添えられていた。

『本競技は球技でありながら、ボールを一定の場所へ運んだり、定められた範囲でそれを打ち合ったりするスポーツではありません。得点を示すのはボールではなく、選手の動きです』
一行めを読んだ誰もが、はてなと思った。サッカー、ホッケー、卓球、テニス、自分の知っているスポーツをあれこれ思い浮かべ、どうにかして具体的なイメージを描こうとした。球技だがボールは重要ではない、問題は選手だ。あの広い野原のような競技場を、選手がどう動けば点になるのか。もやもやした気持を抱きつつ次の行に移ると、話は更にややこしくなった。
『しかし決してボールが無関係というわけではありません。選手の動きを決定するのはボールの行方なのです』
人々は根気強く説明書を読んだ。居間のソファーで、勤務先の休憩室で、公園のベンチで、左隅をホッチキスで留められた十六枚の藁半紙《わらばんし》を幾度もめくり直した。ボールと選手の関係以外にも、不可解な点は多々出現した。『試合が終了するのは、時間によってでも得点によってでもありません。両チーム27個ずつのアウトを取らない限り、試合は終わりません』『投手は投手板に触れている間ピッチャーであり、触れていない間は野手です』『もし乱闘になった場合は参加して騒ぎを鎮《しず》めなければなりません』
読めば読むほど混乱は深まるばかりだった。それどころか恐ろしくさえなってきた。

長い棒を持った選手のイラストは決闘を挑む乱暴者のようであったし、中にはお面に甲冑《かっちゅう》姿の者もいた。お世辞にも上手とは言えない、課長補佐のイラストの腕にも原因はあるのだろうが、選手たちは皆、オリンピック代表の誇らしさとは縁遠い、うつろな表情を浮かべていた。犠牲、盗み、牽制《けんせい》、重殺、ノックアウト、死。ページのあちこちに、とてもスポーツのルールとは思えない言葉があふれていた。

いくら読み返しても競技の様子をイメージできないまま、人々は説明書を持て余し、むしろこんなものを取っておく方が縁起が悪いのではとの懸念《けねん》を抱いて、こっそり破り捨てた。広場の片隅に、紙くずになったそれがいくつも転がっていた。

定休日、男も競技場を見に行った。練兵場跡地だった頃とはすっかり様子が違っていた。フェンスに沿って一周すると、思いの外時間がかかった。男の他にもただぶら散歩している者や、正門の前で写真を撮る家族連れや、ほとりを流れる運河の土手で寝転んでいるカップルの姿があった。見る場所によって競技場はいろいろに雰囲気を変えた。高いコンクリートの連なりかと思うといつしか壁が低くなり、楕円《だえん》のカーブがきつくなったあたりで不意に視界が開けた。

観客席にもグラウンドにも人影はなく、中はがらんとし、わずかなアクセントと言えば真《ま》っ直《す》ぐに引かれたラインと、その角々に打ち込まれた四つの白い鋲《びょう》のようなものだけだった。観客席から張り出した屋根が芝生の上にくっきりとした影を落としていた。植えられたばかりの芝生はまだ十分に根付いておらず、ぼそぼそと頼りなげだった。フェンスにもたれ、しばらく男はぼんやりしていた。

飛行船が飛来したのは丁度ここ、競技場の真ん中あたりだった。降りてきた客人たちと村長が握手をしているすぐそばで、明らかに不穏な音を漏らしながら飛行船はしぼんでいった。技術的な問題からか、あるいは単に面倒だったからか、それは長く放置されたままになっていた。誇らしく精一杯に膨らんでいた本体は、しぼんでしまえば皺《しわ》だらけの見苦しい廃棄物にしか見えなかった。日めくりカレンダーを用意して歓迎した村民たちは間もなく興味を失い、それを待ち望んでいたことも忘れ、そばを通るたび迷惑そうな表情を浮かべさえした。客人たちは早々に飛行機で帰国し、カレンダーが0になったハモニカ兎は役場の倉庫に仕舞われた。誰かが修理しようと努力している様子はどこにもなかった。雨の日は特に惨《みじ》めだった。皺の窪《くぼ》みに雨水が溜まり、膨らんでいた頃の面影は消え去り、いっそう取り返しがつかない雰囲気を漂わせていた。

一体いつ、あれはここから姿を消したのだろう。男は思い出せなかった。ある日気がつくと、もう無くなっていた。修理が済んで再び飛び立ったのだろうか。それとも本当の廃棄物になってゴミ処理場へ運ばれたのだろうか。話題にする者はいなかった。そんなものなど最初から存在しなかったかのように誰もが振る舞った。まるで絶滅動物のように消えたのだ、と男は思った。ハモニカ兎と同じだった。最後の一羽が死んだ時、どんなふうだったのだろう。カレンダーをめくりながら時折男は考えた。賢い動物だからきっと、この世界で自分がたった一人取り残されたことを悟っていたに違いない。それでもわずかな望みを持ち、野山を駆けるのだ。茂みの奥に気配を感じれば振り向き、雪に残る足跡を見つければ匂いをかぐ。けれど望みは叶《かな》えられない。そこにいるのはいつでも種類の違う兎で、ハモニカ兎に気づくと皆逃げてゆく。彼の周りは再び静けさに覆われる。

夜の闇の中で彼はハーモニカを吹く。耳を澄ませる者が誰もいなくても、しょんぼりしたりせず、何のためか目的さえ考えずにただ綺麗な音を響かせようとする。月の光が手の中の小さなハーモニカを照らしている。その音はあたりの静けさを少しも乱すことなく、遠い夜の一点にまで響いてゆく。兎の中にあるもっと深い闇の奥では、小石が二つ、喜ぶように励ますようにコロコロと転がっている。決して暗黒を恐れない、子供の麻疹を治してやる小石だ。

ある日、その時がやって来る。ハンターは目の前にいるのが最後の一羽だと気づきもしないまま、たった二つの小石のために彼を撃ち殺す。銃声に消し去られたハーモニカの音はもう二度と戻ってこない。

男はフェンスから離れ、競技場を後にした。あたりには西日が差し、空は夕焼けに染まろうとしていた。夜が来る前に、早く家へ帰らなければいけなかった。明日もまた、ハモニカ兎のカレンダーをめくるための朝が待っていた。

［オリンピック開幕まであと9日］

初めて選手たちが村にやって来て、競技場で練習をする日だった。盛り上がりの頂点はカレンダーが0になる時に合わせるため取っておくとしても、その日は村にとって間違いなく、カレンダー設置以来最も興奮すべき一日となった。午前中、街の選手村からバスで到着した彼らは早速競技場に入っていった。あらかじめ練習は非公開と決まっていたが、それでも気持を抑えきれない村人たちは練兵場跡地に集結し、バスに向かって歓声を上げたり指笛を吹いたり太鼓を打ち鳴らしたりした。近所の幼稚園児たちはお行儀よく一列に整列してお手製の小旗を振った。その歓迎ぶりを見た関係者の計らいにより、急遽《きゅうきょ》、午後から特別に紅白試合が見学できることになった。

村人たちは続々と競技場を目指した。実際中に入ってみると、思ったよりも更に広く、なぜか空が近くに感じられるのに皆驚いた。一片の雲さえないその空から、初夏の日差しが降り注いでいた。どのあたりの席が最も観戦しやすいのかよく分からず、各々気に入った場所に散らばって陣取った。半分近くの村人が集まったと思われるのに、観客席に座ってみると空席の方が目立っていた。

とうとう謎《なぞ》のスポーツが全容を現す、というので人々の胸はわくわくする気持と緊張の両方に引き裂かれていた。試合開始を告げる合図がどこからどういう形でもたらされてもいいよう、神経を張り詰め、額に汗を浮かべながら目を見開いていた。

ほどなく選手たちが走り出てきた。どんなに彼らが元気一杯でも、観客席以上にグラウンドもまた頼りなく疎《まば》らだった。遠すぎて彼らの表情を窺うことはできなかったが、特にフェンス際の芝生の三人は、味方と言葉を交わすこともましてや肩を抱いて励まし合うことも許されない遠方に取り残され、所在なさそうに見えた。表情どころか、油断しているとボールさえ見失ってしまいそうだった。競技場の広さに比べてそれはあまりにも小さく、無いに等しいとさえ言えた。たちまち人々は心細くなった。光に紛れて今にも消え入りそうなあの小さな白い点を、果たして自分は追い掛けることができるだろうか、いやボールの行方にはこだわらなくていいと、確か説明書の最初に書いてあったはずだ、ならばどこを見ればいいのだ、一体どの選手に注目すれば……。人々の思いが乱れる中、華々しい合図も何も無いまま、いつの間にか試合はスタートしていた。

すぐに人々は、目の前で繰り広げられているスポーツが予想以上に複雑なのを思い知らされた。賢明にも説明書を捨てずに取っておいた幾人かは、途中何度かページに視線を落としたが、どこをめくっても回答が得られないばかりか、より混乱が増す始末だった。どの時点で得点が入ったのか、どちらのチームに有利な展開なのか、今は盛り上がるべきか、あるいは悔しがるべきか、そもそも自分はどちらを応援しているのか。誰一人自信を持てる者はいなかった。お互い様子を探り、目配せを交わし、自分の行為がどうぞ的外れでありませんようにと願いつつ、遠慮がちに拍手をした。

予想に反してそれは静かなスポーツだった。選手たちは動いているより止まっている時間の方がずっと長かった。球を投げ合っている二人以外、一度も球に触れることなく引き上げてゆく者も多く、走り出したと思ったらすぐに立ち止まり、大きな声を出したり体をぶつけ合ったりする場面はなかった。時折グラウンドに響くのは、棒が球を打つ、甲高く乾いた音だけだった。これで本当に乱闘など起こるのだろうか、と皆が思った。それでも人々は油断しなかった。いつ何が盗み出され、誰かが哀れな犠牲者となって死が訪れても、平然とそれを受け入れられるよう心の準備を怠らなかった。

一時間たっても二時間が過ぎても延々と試合は続いた。だんだん人々は心配になってきた。いつになったら終わるのだろうか。選手たちが到着した頃の熱狂はとうに過ぎ去り、正直なところ退屈しはじめていた。疲労し、落ち着きをなくし、苛立《いらだ》ちさえ覚えていた。しかしそれでも関係者たちの厚意に対して失礼がないよう、懸命に自分を奮い立たせた。説明書を手にした人は、『両チーム27個ずつのアウトを取らない限り、試合は終わりません』の一文に引き寄せられ、そこから目が離せなくなっていた。試合は終わりません。その言葉が呪いのように耳の奥でこだましていた。

その時、突然日が翳《かげ》ったかと思うと、運河の向こうから湧《わ》き出した灰色の雲が頭上を覆い隠し、あっという間に雨が降りはじめた。慌《あわ》てて人々は席を立ち、屋根のあるところまで走って移動した。屋根を打つ雨の音にかき消されながらも、試合中止を告げるアナウンスが流れるのを人々は聞き逃さなかった。既にグラウンドに選手たちの姿はなく、芝生には水溜りができていた。観客席には雨に濡れてぐったりとした説明書が何枚も貼り付いていた。

「せっかくの試合だったのに」

「まあ、雨ならば仕方がない」

一応人々は関係者への手前、残念がる素振りだけは見せたが、心の中では安堵《あんど》のため息をついていた。

［オリンピック開幕まであと0日］

どんなに大きな数字だろうと、一つ一つ減らしてゆけば必ず0になる。カレンダー係を終える最後の日には、いつも男はそう思った。3の次は2で次は1、その次は0。当たり前のことだった。

しかし村人たちにとっては違った。待ち望んだ日を迎え、彼らは熱狂の内に目覚め、そわそわとし、カレンダーが本当に0になっているかどうか確かめるため広場へやって来た。そしていかにも特別なものを目の前にしたかのような表情で、その数字を撫《な》で回したり兎の耳に抱きついたりした。カレンダーをめくったのがどんな人物か気に掛けることもなく、ハーモニカの音色に耳を澄ませることもなく、ただ無邪気にはしゃいでいた。

広場で行われる記念式典の準備は既に整っていた。舞台が設営され、その上にはブラスバンドと貴賓席のための椅子《いす》が並び、造花に縁取られた横断幕の［祝］の文字は、ピンと背筋を伸ばしていた。紅白試合の日に雨が降って以来晴天続きの空は申し分なく青く、翳りの気配は微塵《みじん》もなかった。

男は普段どおりカウンターの中に立ち、朝食を作った。興奮のせいで食欲を感じる間もないのか、客はいつもより少なかったが、それでも幾人かの常連のためにコーヒー豆を挽き、卵を焼き、オレンジを絞った。時折男が広場に視線を送るのは、式典の様子が気になるからではなく、人込みの中でハモニカ兎が無事かどうか見守るためだった。

開会式の開幕を告げるため、五機のプロペラ機がメイン競技場の上空に五色の輪を描く。そのプロペラ機が基地へ戻る途中、村を通過するのを合図に記念式典がスタートする。という手はずが随分前から整っていた。本式の開会式に比べればもちろんささやかなことしかできないが、たとえ一つとはいえオリンピック競技が行われるのだから、それを祝福するに相応《ふさわ》しい式典を催さなければならない。村長以下、村人たちはそう意気込んでいた。

ブラスバンドのメンバーが楽器を手に舞台に姿を現した。公式ソングを披露する役目の子供たちが小旗を手に、お揃いの制服姿で整列し、貴賓席には村長をはじめお偉方が着席した。音響設備のコンセントはすべて抜かりなくつながり、噴水はプロペラ機に負けない五色の水を吹き上げ、運河沿いの土手では花火を打ち上げる用意ができていた。もういつプロペラ機が飛んできても大丈夫だった。

人々は待った。エンジン音を求めて空を見上げ、息を殺して立ち尽くした。次の瞬間目の前で起こるだろう情景をあれこれ頭に思い浮かべ、いっそう期待を膨らませた。それは誰も経験したことのない情景ではあるが、少なくとも紅白試合より心弾むものであるのは間違いなかった。

飛行機の影をとらえた瞬間、ファンファーレをスタートさせるべく指揮棒を握り締めた指揮者は、緊張のあまり貧乏揺すりをしていた。オーボエ奏者はしきりに唇をなめ、木琴奏者は風に翻《ひるがえ》る楽譜の端を押さえ、子供らは小旗を落とさないよう指に力を込めていた。一人広場から離れた場所で、花火師は導火線の先端を凝視していた。じりじりと時間は過ぎていった。

少し、遅いのではないだろうか。最初、誰か一人の胸を過《よ》ぎったこの疑問は、満ちてくる潮のように瞬《また》く間に広場中の人々を侵食していった。いや、風の状態で多少遅れることもある。誰かが懸命に疑問を押し留めようとしていた。空は澄み渡り、鳥の姿さえなく、あくまでも静かだった。きっとそのうちエンジン音が聞こえてくるはずだ。人々は瞬《まばた》きも忘れて目を凝らした。後ろの人の吐息にさえ反応し、はっとして振り返った。空耳に惑わされる者もあった。けれど聞こえているのはただ、噴水の水音ばかりだった。村の上空を通るのを忘れたのでは。飛行機が墜落したのでは。疑問は空耳より更にはっきりと人々の鼓膜を震わせた。

日差しはいよいよ明るくなり、容赦なく人々を照らしていた。指揮者の右腕は痙攣《けいれん》し、オーボエ奏者の唇には血がにじみ、楽譜は風に舞い上がった。金管楽器に反射する光で目がくらみ、子供たちは貧血を起こしてばたばたと倒れた。待ちきれなかった花火師は導火線に火をつけてしまい、花火が一発打ち上がった。しゅるしゅるという心細い音と火薬のにおいだけを残し、花火は呆気《あっけ》なく光の中に消えていった。

「あっ」

その時、誰かが声を上げ、何かを指差した。指の先にいるのはハモニカ兎だった。人の波に押されて倒れた兎を男が抱き起こそうとしていた。皆に踏みつけにされた兎は耳の先が曲がり、ハーモニカが外れて両手の中は空になり、0の文字は泥に汚れていた。

「今日は、開会式の日じゃない」

「明日だ」

「そう、カレンダーが間違えてる」

人々は口々にハモニカ兎を罵《ののし》った。

「うるう年だから？」

「二枚めくったの？」

「だまされたんだ」

「まあ、ひどい」

「何て間抜けな兎」

男はハモニカ兎を抱え、人々の絡《から》まる足をかき分けながら、無くなったハーモニカを探した。世界にたった一つ取り残された、誰にも聞いてもらえないハーモニカを救い出そうとしていつまでもひざまずいていた。

目隠しされた小鷺《こさぎ》

移動修理屋アルルの老人がやって来るのは、いつも閉館間際《まぎわ》の夕方と決まっていた。駐車場にライトバンが近づくとすぐに分かった。スピーカーから『アルルの女』が流れてくるからだった。

修理屋がなぜ『アルルの女』なのか、誰にも分からなかった。第2組曲、ファランドールのメロディーを耳にして、「あっ、そうだ。丁度よかった。あれを直してもらいましょう」と思い立つ客がそう大勢いるとは思えなかった。そのうえ長年再生を繰り返してきたためかテープは伸びきり、所々テンポが間延びしたり音がかすれたりして、曲の雰囲気をいっそう不穏なものにしていた。

アルルの修理屋、というのは美術館の職員たちが勝手につけた呼び名で、正式な屋号は不明だった。そもそも、そういうものがあるのかどうかさえ怪しかった。

唐突にテープがブツンと途切れると、ほどなく前庭の左手前方から老人は姿を現す。

着古した作業着のまま、一日の仕事を終えていかにもくたびれたといった様子で、うつむき加減にゆっくり歩いてくる。痩《や》せて、手足が長く、顔色は青白い。禿《は》げ上がった額と前方にせり出す大きな耳ばかりが目立ち、目鼻は遠慮深くこぢんまりとして見える。瞳《ひとみ》は黒縁眼鏡の奥に潜んでいる。何も言わず、老人はズボンのポケットに手を突っ込み、コインを取り出して窓口に置く。ポケットには常に、高齢者割引の入館料ぴったりのお金が用意されている。

「はい、どうぞ」

そう言って私は入場券と、黒い目隠しを手渡す。

「どうも……」

はっきりしない声でもぞもぞと何か言いながら老人は眼鏡を外し、目隠しをする。

「どうかな……」

紐《ひも》を引っ張り、鼻の付け根を押さえ、いつまでもずれを直している。

「ええ、大丈夫です。抜かりはありません」

と言って私は微笑《ほほえ》む。

私が受付のアルバイトをしているのは、とある資産家のコレクションを収めた小さな美術館だった。一族の別荘を改築した建物は素っ気ないほどにコンパクトな矩形《くけい》のコンクリート造りで、ひび割れや雨だれの染《し》みが目立つ壁は、半ば蔦《つた》に覆《おお》われていた。芝生の前庭は広々とし、いくつかのベンチと砂利敷きのアプローチ以外他に飾りは何もなく、棕櫚《しゅろ》やミモザやニセアカシアの木立に縁取られた敷地の向こうはすぐ、砂浜につながっていた。

収蔵品は百年ほど前に創作活動をしていた地元出身の画家Sの油絵が中心だった。中央画壇とは交わらず、田舎に引きこもって孤独のうちに独自のスタイルを追い求めたSは、さほど有名な画家とは言えなかった。当然ながら、入館者数もごくささやかなものだった。夏、休暇を過ごす人々は海水浴に夢中で、わざわざうら寂しい美術館を訪ねる気分にはなれないようだったし、寒くなると別荘もホテルも鎧戸《よろいど》を閉じ、あたりは急に人影が消えて静かになった。

『入館者数0』

日誌にこう記入する日が、年に数度はあった。

アルバイトをはじめるまで私もSのことをほとんど何も知らなかった。私の業務は受付と、図録や絵葉書類の販売、あとは事務室にお茶を出すくらいで、正直なところ彼の絵にどういう魅力があるのかよく理解できないまま、入場券を売っていた。お客さんから専門的な質問を受けると、慌《あわ》てて事務室へ学芸員を呼びに走った。

受付は大理石の柱に支えられたエントランスから扉を入り、吹き抜けのロビーを真《ま》っ直《す》ぐ進んだ正面にあった。受付と言ってもただ、五角形の木製の台に丸椅子《いす》を置いただけのものだった。ロビーの奥と階段を上った北側が展示室になっていたが、中へ足を踏み入れる機会は少なく、一日の大半、私は絵画たちに背を向け、丸椅子に座って過ごした。そこに座ると扉のガラス越しに前庭の芝生が見渡せた。Sの作品より芝生を眺めている時間の方がずっと長かった。単調な前庭でも、じっくり観察していれば、日光と影が作り出す思いがけない模様や、雨に濡《ぬ》れて緑が刻々と色を変えてゆく様や、不意に茂みから飛び出し駆け抜けてゆく小動物の素晴らしいスピードや、何かしらの発見があった。

アルバイトを続けるうち、絵のことはさておき、S自身に対しては少しずつ親近感を覚えるようになっていった。パンフレットの紹介文で特に心に残るのは、せっかくの絵の多くが火事で失われた悲劇と、Sの死後全作品を相続したのが、アトリエの隣に住んでいた魚屋の女主人であったというエピソードだった。火事は一人身のSが鍋《なべ》を火にかけたまま製作に熱中していたのが原因で、見かねた隣家の女主人が食事をはじめ身の回りの世話をするようになり、ついには相続者の間柄にまでなった。彼女は熟慮の末、作品を決して散逸させないこと、美術館を建てて公開することを条件に、すべてを資産家に託したのだった。

前庭を見つめながら時折私は、魚屋の女主人について考えた。私と同じように彼女にとってもきっと、Sの絵は何だかよく意味が分からなかったはずだ。どれもパッと見て「まあ、美しい」とは言いがたい、くすぶった色合いをし、特に独自の画風を確立したとされる全盛期のものは、手でビリビリ破いた段ボールを貼《は》り付けたか、コンパスと定規で気ままに描いたとしか思えない形をしている。習作時代の静物画や人物画にしても、背景は洞窟《どうくつ》のように寒々しく、果物は腐りかけ、モデルたちは皆決して美人ではない。

それでも実直で賢明な彼女は、こうした絵画たちがどれほどの苦悩の果てに生み出されたか、よく理解している。偶然隣に住んでいるという理由だけから、Sのことを大事に思う。火事で負った火傷《やけど》を手当し、個展のチラシを近所に配り、余り物の魚を焼いて届けてやる。いつも水に濡れて生臭い自分の手が、万が一作品を汚すようなことがあってはならないと、アトリエに入っても絵には近寄らないよう気をつける。

作品を引き継ぐことになって彼女は戸惑ったに違いない。自分は日々、魚の頭をはねたり鱗《うろこ》を取ったりする以外能のない人間なのに、と尻込《しりご》みしたかもしれない。

Ｓの死後も変わらず彼女はアトリエへ通う。窓を開けて空気を入れ替え、床を掃除し、カーテンを洗濯する。彼の写真の前にグラス一杯のお酒と、余り物の魚を一匹供える。彼女なりのやり方でＳの供養《くよう》をする。

いよいよすべてを資産家に引き渡す時、彼女はたとえようのない寂しさを感じる。独占欲からでも、もちろん金銭的な問題からでもなく、ただＳと二人だけの思い出が遠ざかってゆくような気持に陥る。これからは一体どこへおかずの魚を運べばいいのだろうか、と思ってみたりする。結局女主人は美術館の完成を見ることなく、オープンの二週間前に亡《な》くなる。

そんな勝手な想像をしながら、私は一人の時間をやり過ごす。相変わらず来館者は少なく、展示室も前庭もひっそりとし、かもめの鳴き声と波の音が微《かす》かに聞こえる以外、静まり返っている。今日あたり、アルルの老人が姿を見せないだろうかと思って耳を澄ませてみるが、残念ながら『アルルの女』はどこからも聞こえてこない。

目撃体験を持つ学芸員の青年によれば、移動修理屋アルルは駅をはさんで海側とは反対にある、町営団地の公園にライトバンを停め、例の音楽を流しながら商売をしているらしかった。

「例えば、何を修理するんでしょう」

私が尋ねると青年は、「さあ」と言って首を傾《かし》げた。

「折れた傘とか、チェーンの外れた自転車とか、そんなものじゃないですか。でも僕が見た限り、一人の客も来ませんでした」

そもそも青年は老人に何の興味もないようだった。

受付業務を超えて初めて老人と口をきいたのは、一年ほど前、真冬のある日の小さな出来事がきっかけだった。その日、老人はあきらかに普通とは違う不自然な様子でアプローチに姿を現した。肩が右側に傾き、背中が極端に丸まって体中のバランスが奇妙な具合になっていた。最初は病気なのではと心配したが、よく見ると片方の靴の底が大方剝《は》がれかけ、一歩踏み出すたびにそれがアプローチの砂利に引っ掛かっているのだった。

「ご不自由ですね」

入場券を手渡しながら、私は言った。

「えっ、いや、その……」

老人の指先ははっとするほど冷たかった。

「どうなさったんですか、その靴」

私が視線を足元に落とすと、まるで今初めて自分の靴の状態に気づいたとでもいうかのように、老人は「あれまあ」というのんきな声を漏らし、足首を上下させて二、三度靴底をパタパタ鳴らした。

「さぞかし歩きづらいでしょう」

「どうにか、もたせましょう」

「ちょっと無理があるかと思いますけれど」

「そうでしょうか……」

パックリと開いた靴底からは、指の形どおりに垢《あか》の浮き出した厚手の靴下が覗《のぞ》いていた。その靴下の上からでも、足先が凍えて強張《こわば》っているのが分かった。

とにかく老人を丸椅子に座らせ、事務室から持ち出したセメダインで靴底を貼り合わせた。念のためもう片方の靴を調べると、案の定、怪しい箇所があったので、そこにもセメダインを絞り出しておいた。頼りなげな老人の体つきとは裏腹に、足を離れると靴は思いのほか重く、ずっしりとした手ごたえがあった。中からアプローチの小石が数粒転がり落ち、二人の足元で跳ねた。

「あなた、修理がお上手です」

老人は再び足首を上下させ、パタパタしないのを確かめた。

「お手間をお掛けして、すまないことでした」

「いいえ。お安い御用です」

まだバランスを取り戻せないのか、どこかぎくしゃくした歩き方のまま、痩せた背中は二階の展示室に消えていった。

老人のように何度も繰り返し訪れてくれる人はそう多くなかった。ふらりとやって来る旅人、校外学習の小学生たち、時間を潰《つぶ》す必要に迫られたセールスマン、そういう一度きりの入館者がほとんどだった。にもかかわらず学芸員の青年をはじめスタッフたちは皆、老人をあまり歓迎していないように見えた。閉館時間を過ぎてもなかなか帰ってくれないからだった。帰ってくれないと言っても、別に理不尽な理由で居座るわけではなく、大人しく絵を鑑賞しているのだから別に構わないではないかと思うのだが、彼らはたった一人の入館者のために残業するのが、我慢できないらしかった。

「そろそろよろしいですか」

青年の声がロビーの天井にぶつかって受付にまで響いてくる。

「もう時間です」

わざとらしく鍵《かぎ》の束をガチャガチャ鳴らしている。

「規則なのでね。申し訳ありません」

老人の声は何も届いてこない。代わりに、一段、一段、階段を下りてくる靴音が聞こえてくる。

「ありがとうございました」

エントランスを出てアプローチを遠ざかる老人を見送りながら、私は靴底のセメダインがちゃんとくっついているかどうか確かめる。そして［閉館中］の札を扉に掛ける。帰りは『アルルの女』を流さずに、ライトバンは走り去ってゆく。

次に老人が引き起こした騒動は靴底事件よりもやや重大だった。二階の展示室へ向う途中でつまずき、階段から転げ落ちたのだ。慌てて私は老人を抱き起こし、手を取ってひとまず事務室のソファーまで移動させた。

「大丈夫ですか。頭を打ちませんでしたか」

何を聞いても老人は「平気、平気」と答えるばかりだった。確かに大きな音がした割には、眼鏡が歪《ゆが》んでいるのと、額にかすり傷ができている以外、大きな負傷はしていない様子だった。老人は人差し指を唾《つば》で濡らし、額の傷になすりつけていた。

「そんなことをしてはいけません。ばい菌が入ります」

私は救急箱からオキシドールを取り出し、脱脂綿に含ませて傷口を消毒した。

「しみますか？」

「いいえ、ちっとも」

老人は額をこちらへ向け、素直にじっとしていた。私は骨が折れているところはないか確かめ、冷蔵庫の氷をビニール袋に入れて痛むところを冷やすよう勧めた。

「いやあ、全く、申し訳ない」

そう言って老人は氷の袋を頭頂部に載せたり、首の後ろに当てたり、脇《わき》の下に挟んだりした。私たちはしばらくソファーに隣り合って座り、痛みがひくまでじっとしていた。

魚屋の女主人もこんなふうにしてＳの火傷の手当てをしたのだろうか。見たこともないはずのアトリエの風景を思い浮かべながら、また私はパンフレットの紹介文を思い出す。見学者は既に誰もいないらしく、戸締りをする学芸員の鍵束の音だけが、途切れ途切れに聞こえてくる。時折、老人の手の中から、氷の溶ける気配が伝わってくる。窓の向こうはすっかり日が落ち、空も木々の緑も芝生も全部一緒になって、夜の中に紛れている。

「よほどのファンでいらっしゃるんですね」

沈黙をやり過ごすため、私はＳの名前を出して質問する。

「さあ、どうでしょうか……」

老人は答える。

「この美術館の隅から隅まで、私などよりずっとよくご存知でしょう」

「いいえ」

首を振って老人は否定する。

「私はいつも一枚の絵しか見ないのです」

「一枚？」

「はい、そうです」

「たったの一枚きり？」

「はい。いつも同じ一枚の絵だけを見ております」

オキシドールは乾き、にじんでいた血はいつの間にか皺《しわ》の間で固まり、瘤《こぶ》ができている。眼鏡の縁が歪んで焦点がずれたのか、目の表情はぼんやりとして窺《うかが》い知れない。

「歳《とし》を取ると、たくさんの絵は疲れます。素晴らしい絵であればあるほど、養分を吸い取られるようです」

老人は「ふう」と一つ長い息を吐き出し、溶けて水だけになったビニール袋をテーブルの上に置く。修理屋には似つかわしくなく、指は白くほっそりとし、油汚れも胼《た》瓩《こ》も傷跡も見当たらない。

「ただ問題なのは、他の絵を目に入れないことです」

「ええ」

「目をつむって歩かなければなりません」

「と、言いますと？」

「文字通り、目を閉じて、目的の一枚の前まで移動するのです。受付から二十三歩で階段。十四段上って右斜め四十五度に九歩で第二展示室。敷居から左手壁沿いに十一歩進んだところで目を開ける。そこが目指す絵『裸婦習作』の前です。今日はしくじりました」

　失敗を恥じるように老人は肩をすぼめる。入場券を受け取ったあと、老人が独自に編み出した方法に従い、苦心して絵を鑑賞していたことに私は驚く。自分のすぐ背後でこのように微妙な行動がなされていたのに、何も知らないままでいたことを、なぜか申し訳なく感じる。

「実はまぶたというものは、うっすら透けているのです」

「そうですか？」

「はい。ですから本当に何も見ないようにするためには、ぎゅっと力一杯目を閉じる必要があります」

「なるほど」

「この、力一杯が難しい。つい力がゆるんで、まぶたの隙間《すきま》から他の絵が見えてしまうのでは、とびくびくしているうち、足がもつれるのです」

「厳密なのですね」

「年寄りにはあまり、余分な養分が残されておりませんから」

私は新しい氷をビニール袋に補充する。恐縮してうな垂れながら、老人はそれを額の瘤に当てる。耳の後ろにわずかに残った髪の毛は枯れ草のようにもやもやとして元気がなく、作業着は色落ちし、袖口《そでぐち》やボタンホールやポケットや、あちこちからほつれた糸が垂れ下がっている。靴底からはみ出したセメダインは黒ずんだ塊になり、古びた靴をいっそうみすぼらしくしている。

私は老人に顔を寄せ、手をのばし、そっと眼鏡を外す。指先から老人の息遣いが伝わってくる。歪んだつるを捻《ひね》って元に戻し、指紋だらけのレンズに息を吹き掛け、ハンカチで丹念に拭《ぬぐ》う。明かりにかざして曇りがないかどうか目を凝らす。

「ああ、よく見える」

老人は目をパチパチさせる。

「あなた、修理がお上手です」
そして、いつかと同じ言葉を私に掛けてくれる。

休館日、跨線橋《こせんきょう》を渡って駅の向こう側へ行き、ちょっとした用事を済ませたあと、そういえば移動修理屋アルルが店開きをしているのは確かこのあたりだと思い出し、町営団地の方に歩いてみた。五階建ての集合住宅が並ぶ間を抜けてゆくと、その先に公園があり、学芸員が言ったとおりライトバンが一台停まっていた。『アルルの女』は鳴り止《や》んでいたが、開け放されたドアから種々の道具類が雑多に詰め込まれているのが見え、すぐにアルルの老人だと分かった。

砂場と滑り台とブランコだけの殺風景な公園だった。ライトバンから少し離れたブランコの柵《さく》に腰掛け、私に気づかないまま老人は煙草《たばこ》を吸っていた。水曜日の昼下がりで、団地はひっそりとし、公園には小さな子供を連れた母親の姿が幾人かあるだけだった。いつもの見慣れた風景だからなのか、ライトバンにも老人にも目を向ける人はおらず、客がやって来る気配もなかった。子供たちはうるさく走り回り、母親たちは木陰のベンチでお喋《しゃべ》りに夢中になっていた。そのそばでライトバンはドアを全開にし、修理品が持ち込まれるのを辛抱強く待ち続けていた。

つい声を掛けるタイミングを失い、私はライトバンの陰に半分隠れるようにしてたたずんでいた。目を閉じることに煩《わずら》わされないためだろう、美術館にいる時より老人は無防備に見えた。煙をゆっくりと長く吐き出し、どこか宙の一点を見るともなく見つめ、ズボンの上に灰が落ちても気にしていなかった。

本当にそれらが全部商売道具なのかどうかは分からないが、ライトバンの中は運転する場所もないのではと思われるほどに何やかやで一杯だった。何段にも積み重ねられた木箱には、大小さまざまな種類の釘《くぎ》やボルトや蝶番《ちょうつがい》が詰め込まれ、その周囲をスパナ、金槌《かなづち》、ドライバー、ペンチ、バールなどが取り囲み、更に奥にはチェーンソーの姿もあった。天井には竹筒、鉄管の類《たぐい》が固定され、その隙間から針金、ニクロム線、電気コードの束がいくつもぶら下がっていた。発電機が窓をふさぎ、巨大な鉄敷きが床をへこませ、盥《たらい》の水に浸《つ》かった砥石《といし》が鉄くさいにおいを放っていた。蛇口が転がっているかと思えば、ミシンが鎮座していた。圧力釜《がま》もあれば、顕微鏡もあった。

すべてが使い古されているか、使われないままに古びているかのどちらかだった。あるものは錆《さ》びつき、あるものは埃《ほこり》にまみれ、本来果たすべき役目をとうに忘れ去ってしょんぼり取り残されていた。

誰か修理したい品物を持ってやって来ればいいのに、と私は思った。底の剝がれた靴でもいい、つるの曲がった眼鏡でもいい、老人のもとへ持ってきてほしいと願った。そうだ私がお客になればいいのだと気づき、何か修理すべきものはないか、ハンドバッグの中を探ってみた。内ポケットに手を突っ込み、化粧ポーチを開け、手帳をめくった。しかし移動修理屋アルルに差し出すべき品は、何一つ見つからなかった。

老人は胸ポケットからライターを取り出し、二本めの煙草に火をつけようとしているところだった。相変わらず公園にいる誰一人、修理屋に視線を送る気配さえ見せなかった。いつまで待っても、団地のどこからも、客は現れなかった。

公園からの帰り道、私は駅前のデパートに寄って黒い目隠しを買った。そういうものがどの売り場で扱われているのか見当がつかず、しばらく迷ってうろうろしたが、結局、玩具《がんぐ》売り場の手品コーナーで適切なのを見つけた。

それを家に持ち帰ってよく見てみると、思いのほか生地が薄く、これでは老人の厳密な鑑賞方法に堪えられないのではないかと心配になり、内側から黒い布をもう一枚当てて縫い付けた。耳に引っ掛ける紐も、ゴムを通して長さを調節しやすいようにした。何度も自分で掛けてみて、本当に透けて見えないか、隙間からわずかでも光が漏れないか確かめた。ようやく満足する目隠しになった時、夜はもう更《ふ》けていた。

「もし、よろしかったら……」

受付でためらいがちに目隠しを差し出すと、老人は何のことかよく理解できなかったようで、しばらくそれに視線を落としたまま黙っていた。

「これをお使いになってみて下さい。まぶたを閉じるよりは、お楽かと……」

「ほお」

老人は戸惑いの声を上げ、本当にいいのでしょうかという表情を浮かべ、遠慮がちに目隠しに手をのばした。それから眼鏡を外して胸ポケットに仕舞い、上下、表裏を間違えないよう慎重に見極めながら、いかにも扱い慣れないものを手にしたといった仕草で紐を両耳に引っ掛けた。

「よくお似合いです」

それは嘘《うそ》ではなかった。世の中に目隠しの似合う人と似合わない人がいるのかどうかは分からないが、間違いなく老人の顔にそれは上手《うま》く馴染《なじ》んでいた。小鼻の出っ張りと縁のカーブがずれることなく重なり合い、前方に突き出した大きな耳が紐をがっちりと支え、禿げ上がった青白い額が、黒い色を特別に引き立てていた。

「そうですか？」

「はい」

「ああ、真っ暗だ」

うれしそうに老人は言った。

「まぶたを開いても、何一つ見えない」

感心したように、素晴らしい発見をしたように、老人は口元に笑みを浮かべた。

「では、まいりましょう」

そう言って私は老人の手を取った。

「えっ」

びくっとして老人は後ずさりしようとした。

「お一人で、というわけにはまいりません。お供します」

やはり彼の手は冷たかった。皺だらけでカサカサとし、心なしか震えているようでもあった。

私たちは二階の第二展示室へ向い、二人並んで歩いた。

「一、二、三、四……」

歩数を数えるつぶやき声がすぐ耳元に聞こえてきた。その声のおかげで、初めてとは思えないほど上手く歩調を合わせることができた。靴音はリズムを刻みながら重なり合い、まるで二人を導くように、『裸婦習作』まで真っ直ぐに続く一筋の響きとなっていった。

老いて弱々しい体つきとは裏腹に、彼の足取りはしっかりとし、私の手助けなどなくても、次に踏み出すべき一歩を迷いなくとらえていた。いつしかどちらがどちらを先導しているのか分からなくなった。長い時間をかけて老人が刻み付けた道筋を、私はただたどっているだけだった。

「十二、十三、十四、十五……」

垂れ下がった目隠しの紐が耳の後ろで揺れていた。息遣いは落ち着いていた。掌《てのひら》の中の指先が、少しずつ温まってゆくのが分かった。

さあ、着きましたよ、と告げる必要もなく、目指す絵の前で歩みはぴたりと止まった。老人は目隠しを外し、しばらく眩《まぶ》しそうに目を細めたあと、眼鏡を掛けた。真正面で裸婦が待っていた。老人の視線は少しもぶれることなくそこへ注がれた。

それはSが抽象絵画の先駆者となるずっと以前、二十代の頃に描いた油絵だった。白い椅子に斜めに腰掛けた裸婦が、右手を背もたれに載せ、足を組み、遠く左手前方を見つめている。大きく見開かれた円《つぶ》らな目や、慎ましやかな唇、カールする豊かな髪には少女の面影が射《さ》しているようでありながら、同時に、アンバランスなほど肉付きのいい腰つきには、どこか老成した揺るぎのなさが感じられる。露《あらわ》になった胸は少しもみだらでなく、目鼻や手足と同じ自然さでそこにあり、肌に静かな陰影を与えている。足は深く根を張った樹木のように太々とし、どっしりと落ち着いている。何があっても、いつでも私はここにいるのですと、その両足こそがそうつぶやいているかのごとくに見える。

背後は吸い込まれそうに暗い。群青《ぐんじょう》色の闇《やみ》にすべてが飲み込まれ、ただ一人彼女だけがそこから浮かび上がっている。けれど彼女は淋《さび》しがってもいないし怯《おび》えてもいない。どんなに濃い闇も彼女の白い肌を覆い隠すことはできない。

老人は『裸婦習作』を見ている。見る、という行為の他、何事にも惑わされていない。瞬《まばた》きさえ忘れている。瞳は澄みきっている。手には目隠しが握られている。邪魔にならないよう、私は背後に立っている。最初のうち、どうして老人はこの絵だけを選んだのだろう、裸婦の面立ちが母親か恋人にでも似ているからだろうか、それともっと複雑な理由が何か隠れているのかもしれない、とあれこれ考えを巡らせていたが、すぐに詮索《せんさく》はやめてしまう。もちろん、直接老人に話し掛けるような愚かな真似《まね》もしない。余計な好奇心に惑わされず、老人の沈黙を汚《けが》さないことだけに専念する。ただ一つ、もしSが魚屋の女主人を見つめるとしたら、老人と同じこんな瞳をしているのではないだろうか、という思いだけはどうしても消えず、私の胸にずっと響き続けている。

第二展示室にはもう、老人と裸婦と私以外、他には誰の姿もない。老人はいつまでも、ひたすらに裸婦を見つめ続ける。


いつしか私は職員たちから、アルル係と呼ばれるようになっていた。老人が来館した日は、私が責任を持って案内をし、彼を送り出したあと戸締りをする決まりになった。わざとらしく鍵の束を鳴らす学芸員に邪魔されず、好きなだけゆっくりできるのは老人にとっても私にとっても望ましいことだった。しかし彼は決して無闇にだらだらと居座るわけではなかった。適切な時間が経過すれば、いつでも自らきりをつけた。裸婦と老人の間にどんなやり取りがあるのか、私には窺《うかが》い知れなかったが、何かしら終わりを告げる合図を互いに感じ合っている気がした。それは日が沈んだことを一番星が告げるような、ひっそりとした無言の合図だった。

それを受け取ると老人は名残惜しそうにもせず、ましてや別れの言葉を口にすることもなく、淡々と眼鏡を外し、何度かまぶたを擦《こす》り、再び目隠しをした。

「それでは、戻りましょうか」

私は第二展示室の電気を消した。たちまち部屋は暗闇に包まれ、裸婦は手の届かないところに遠ざかっていった。

目隠しが汚れると、私は洗濯をしてアイロンをかけた。紐が弛《ゆる》むと縫い目を解いて中のゴムを新しいのに取り替えた。「あなた、修理がお上手です」と言うばかりで老人は、いっこうに移動修理屋としての腕を発揮する様子を見せなかった。

老人が来館するペースはまちまちで、二日続けて現れたかと思えば、一か月以上姿を見せないこともあった。あまり間が空くと、何かよくない出来事が発生したのではと心配になり、閉館時間が近づくにつれてどんどん落ち着かない気分に陥っていった。自分でも気づかないうちに『アルルの女』を求めて耳を澄ませていた。

心配を鎮《しず》めるため、私は休憩時間に一人で『裸婦習作』の前に立ってみた。裸婦を見ながら、粗末なアトリエでカンバスに向かうSや、魚を下ろす女主人や、ライトバンの傍らで客を待つ老人の姿を思い浮かべた。相変わらず裸婦はそこにいる。私に分かるのはただそれだけのことだった。

どんなに久しぶりでも老人の態度に変わりはなかった。来館できなかった言い訳や時候の挨拶《あいさつ》や、そんな余分な会話は一切なく、決まった料金を受け皿に載せ、眼鏡を外し、目隠しをした。

私たち二人の姿を見て、奇異な表情を浮かべる来館者もいたが、それはほんの一瞬で、すぐに皆何かを察したかのように目をそらし、そばには近寄ってこなかった。私たちは誰に遠慮もなく、心行くまで二人だけで編み出した鑑賞の時間に浸ることができた。

夏が来て日が長くなると、閉館時間を過ぎてもまだ前庭には日差しが残っていた。空が少しずつ夕焼けに染まりはじめ、潮風が木々を揺らし、このまま家へ帰ってしまうのがもったいないような気持のいい夕刻、時折、私たちはベンチに座ってひととき一緒に休憩した。特別なお喋りはしなかった。木立のどこかで蟬《せみ》が飛び立てばそちらの方向を見上げ、老人が靴先で足元に何か模様を描けばそれを眺め、風の向きが変わって波の音がより近くに聞こえると、深呼吸をして潮の香りをかいだ。すべての明かりが消され、鍵を掛けられた美術館は私たちの背後でじっと息を潜めていた。海水浴客たちも皆引き上げたのか、人の気配はどこにもなかった。

いくら夕暮れ時でも、前庭は裸婦の座る洞窟よりずっと明るかった。レンズの奥で老人の目は、半分閉じられているようだった。網膜に残る裸婦の姿を、もう一度かみ締めているのかもしれなかった。

その時不意に、茂みの中から何かが躍り出てきたかと思うと、私たちの足元に向かって突進してきた。

「あっ」

私たちは同時に声を上げた。小鷺《こさぎ》だった。

「可哀相《かわいそう》に……」

思わず老人が口走った。底の抜けたアスパラガスの空き缶に、嘴《くちばし》と頭がすっぽり入ってしまい抜けなくなっているのだった。明らかに小鷺は興奮し、理性を失い、怯えていた。羽をばたつかせながらも飛び立とうとはせず、首を捻ってどうにか事態を打開しようと試みていたが、空き缶はびくともしなかった。

「ようし、よし、よし」

老人はそっと立ち上がった。気配を感じた小鷺は方向も分からないまま駆け出し、どうしていいか途方に暮れるようにして再び立ち止まった。近くでみる小鷺は案外ふっくらとした胴体を持ち、深みのある白色と、思いがけず綺麗《きれい》な足指の黄色が目立っていた。

「ほうら、大丈夫だ。怖がらなくていい」

老人はまるで、言い聞かせれば通じるのだとでもいうかのような口調で言った。

私と老人は共に中腰になり、刺激しすぎないよう細心の注意を払って小鷺に近づいた。小鷺は警戒しつつ、私たちと一定の距離を保ち、重すぎる頭に難渋しながら少しずつアプローチの先にある駐車場へと移動していった。

すると老人はライトバンを開け、雑多な道具類の中に頭を突っ込み、まず物干し竿《ざお》と、次にU字形の磁石を引っ張り出して、竿の先にガムテープでグルグル巻き付けた。こんなにも素早く頼もしく動く老人を目にするのは初めてだった。過去に何度も同じ悲劇に見舞われた小鷺を救出してきたかのごとく、動作に一切の迷いがなかった。私は小鷺がまた茂みの奥へ逃げてしまわないよう、ひたすら祈るばかりだった。

あっという間に準備を整えたあと、老人はそれまでの慎重さから一転し、勇気ある大胆さを発揮した。怪しい何かが近づいてくるという警戒心を与えるよりも先に、竿を持ち上げ、小鷺に向けて磁石を振り下ろした。次の瞬間、空き缶は磁石にくっ付き、小鷺の頭からすっぽりと外れた。急に光の下に放り出された小鷺は、何が起こったか理解できるはずもなく、目隠しをされていた時よりも更に興奮を募らせ、あっという間に私たちの前から飛び立った。木立の間を抜け、美術館を越え、夕焼けの中に消えていった。あたりには、先端にアスパラガスの缶詰をくっ付けた奇妙な物干し竿一本以外、小鷺の痕跡《こんせき》を示すものは何も残っていなかった。数分にも満たない思いがけない出来事をかみ締めるように、私たち二人はしばらく、小鷺が消えたあたりの空をじっと眺めていた。

「怪我《けが》をしていなければいいですけれど……」

私はつぶやいた。

「ええ、まあ、はい」

老人はいつもの、はっきりしない態度に戻っていた。ガムテープを外し、磁石と物干し竿とついでに空き缶も一緒にライトバンの中へ押し込める仕草は、のんびりとして要領を得なかった。

「では……」

「はい、さようなら」

「どうも……」

「またお待ちしています」

私は老人に向かって手を振った。ライトバンはゆっくりと走り出した。いつも帰りには掛けないはずの『アルルの女』が、エンジン音と一緒に流れてきた。間延びして音の擦り切れた『アルルの女』が、小鷺を助けた私たち二人の働きを祝福するようにあたりに響き渡り、そして遠ざかっていった。

愛犬ベネディクト

「ベネディクトをお願い」

と、妹は言った。

「毎日忘れずに散歩をさせてね。外でしか用を足さないから」

迎えのタクシーが着いてからもまだ、妹は同じことを何度も繰り返していた。

「餌《えさ》は絶対にやりすぎないで。ドライフードを十五粒。いい？　十五粒よ」

「さあ、行こうか」

おじいちゃんが妹の体を抱きかかえるようにして言った。

「散歩と十五粒。約束してね。お願いだから、どうか……」

玄関で振り返り、彼女はもう一度念を押した。

「うん」

ぶっきらぼうに答える僕の手に、妹はベネディクトを握らせた。それは汗ばんで、じっとり湿っぽくなっていた。

「何の心配もいらない。すぐに帰ってこられるよ。盲腸なんて、おできみたいなものだ」

そう言いながらおじいちゃんは、パジャマや洗面道具の入った紙袋をタクシーに積み込んだ。

「じゃあね。お利口にお留守番してるのよ」

おじいちゃんの腕の中で体を丸め、タクシーの窓越しに、妹は最後までベネディクトに向かって手を振っていた。

こうして彼女は盲腸の手術を受けるため、町立病院に入院した。修学旅行にも部活動の合宿にも海水浴にも家族旅行にも縁のなかった妹にとって、これが生まれて初めての外泊だった。

「さてと」

二人を見送り、一人になった僕は、改めてベネディクトを見やった。妹の残した厳密なスケジュール表に従うならば、そろそろ午前中の散歩の時刻だった。

ベネディクトはブロンズでできたミニチュアの犬だ。種類は定かではない。ぽっちやりとした胴体は淡いベージュで、垂れた耳と鼻のあたりだけが焦《こ》げ茶色をし、尻尾《しっぽ》はお尻の上で丸まっている。所々塗料が剝《は》げ、覗《のぞ》いた地金がまだら模様のようになっている。四本脚で立ち、心持ち首を傾《かし》げ、丸い目を一杯に見開いて斜め前方に視線を向けているが、鼻先がほんの少し欠けているせいで、どことなく間の抜けた表情に見える。

妹が十四歳になった時、蚤《のみ》の市で見つけたこれをおじいちゃんがプレゼントした。

「まあ、何て立派な犬なの」

一目で彼女は気に入り、胸に抱き寄せたり頰ずりをしたり、人差し指で全身を撫《な》で回したりしたあとすぐに、ベネディクトと命名した。ただの古ぼけた人形のどこが立派なのか、僕にはよく分からず、その大仰すぎる名前を口にするのがいつでも気恥ずかしかった。しかし彼女は決して「ベネー」や「ベニー」といった略称を使うのを許さなかった。まして僕がつい油断して「そこの犬」などと口走ると、

「ちゃんとした名前があります。ベネディクトです」

と言って毅然《きぜん》と抗議した。

彼女はベネディクトを、勉強机に置かれたドールハウスの中で飼っている。一階玄関ホールを入ってすぐ右手にある居間の、手織り絨毯《じゅうたん》の上が彼の定位置だ。暖炉のそ

ばで暖かく、安楽椅子《いす》に腰掛けた妹が手をのばせばすぐに撫でてもらえる場所に陣取っている。本当ならふかふかとした絨毯の毛足に埋もれ、丸くなってうたた寝でもすればもっと気持がいいのだろうが、残念ながらそうはいかない。いつでも彼は立ったまま、欠けた鼻で斜め前方のにおいをかいでいる。

妹がドールハウスを作りはじめたのは、ベネディクトがやって来る半年ほど前、ちょうど学校へ行かなくなった頃のことだった。最初は物置に転がっていたベニヤ板の切れ端や角材を引っ張り出してきて糸ノコギリで切断し、接着剤でくっつけて箱状にしてゆくところからスタートした。やがて数個の箱はつながり合い重なり合いして一つの塊となり、屋根がかぶせられた時点で、ようやくおじいちゃんと僕はそれがどうも家らしいと理解した。ただしまだ先は長かった。壁には千代紙が貼《は》られ、扉と窓がくり抜かれ、外壁はレンガ色の塗料で彩色された。と同時に椅子、ベッド、タンスといった家具の製作が進み、作業はどんどん集中力を要する細かいものになっていった。妹はほとんど一日中、部屋に閉じこもっていた。

ものも言わず、時にご飯を食べるのも忘れ、ただひたすら何かしらを作り続けている妹を前にし、僕たちはどうすることもできなかった。丸まった背中も無造作に束ねた髪の毛もまぶたも、体中すべてが静止しているのに、ただ指先だけが絶え間なく動き続けていた。作品の姿は見えなくても、十本の指がほんの小さな空間で、ささやき合うように楽器を奏《かな》でるように動いているさまを目《ま》の当たりにすると、到底こちらの都合で中断させるわけにはいかないという気持にさせられた。

この家をこしらえるのに忙しくて彼女は学校を休んでいるのだろうか。ならば工作が完成すればまた学校へ行くのだろうか。おじいちゃんと僕はひそひそ声で話し合ったが、結論は出なかった。

「デリケートな年回りだからな」

おじいちゃんはこの一言で、事態をまとめた。

いずれにしても妹はもう二度と学校へは行かなかったし、彼女の家は延々今でもまだ、完成していない。

「これはたぶん、ドールハウスというものだよ」

僕はおじいちゃんに説明した。

「ままごとに使うのか？」

「いや、もうちょっと大人向けかもしれない」

「世の中にはそういう家を作って楽しむ人がいるんだな？」

「うん」

「そうか。あの子が自分で編み出したのかと思ったが……」

おじいちゃんはため息をついた。学校へ行かないことより、ドールハウスが孫娘の発明でないことの方が、残念であるかのような口振りだった。

皿、スプーン、ティーセット、調味料入れ、鍋《なべ》、オーブン、時計、化粧ケース、ランプ、インク壺《つぼ》、バケツ、カーテン、観葉植物、ベッドカバー……。家の中にはこんなにも雑多な種類の品々があふれているのかと改めて驚くほどに、作っても作っても作業は終わらなかった。日々充実してゆくドールハウスを眺め、もうそろそろ打ち止めだろうと思っても、ほんのわずか残された壁のスペースに掛ける姿見が、あるいは寝室のドレッサーの引き出しに仕舞うナイトキャップが、まだ必要なのだった。

妹はあらゆる材料を家の中から調達し、わざわざ新たに何かを買い足すのを良しとしなかった。食器類には幼稚園の頃使っていた粘土を使い、布製品は気に入った柄の端切《はぎ》れを縫い合わせたり刺繍《ししゅう》をしたりして作った。クリップが眼鏡に、マッチ棒とモールが泡だて器に、コーヒー用フレッシュミルクの容器と木綿糸が麦藁《むぎわら》帽子になった。教本もなく、もちろん先生もおらず、すべてが自己流だった。そのためお世辞にも素晴らしいドールハウスとは言い難かった。ベニヤ板の切り口はささくれ立ち、接着面はガタガタし、床と屋根は微妙に傾いていた。ハンカチにクロスステッチを施したラグは刺繍糸が引きつれて波打ち、ソファーのクッションからは綿がはみ出し、食器類はどれも粘土が乾きすぎてひび割れていた。

そして何より珍妙なのは、縮尺が滅茶苦茶《めちゃくちゃ》なことだった。あり合わせの材料を使っているのだから仕方がないとは言え、あらゆるものたちがあまりにも自由に、自分のサイズを主張していた。例えば、壁紙の模様の蝶《ちょう》は玄関扉より大きかった。食堂の椅子はテーブルより高く、四段しかない階段は急すぎて、とても妹の足では上れそうになかった。

妹の生活はドールハウスを作ることに埋没していった。ほとんどすべての時間をドールハウスと共に過ごしていた。一旦《いったん》そこに足を踏み入れたら、もう他のどんな場所へ行く必要も感じないようだった。

ドールハウスは少しずつスペースを広げ、教科書も鉛筆削りも追いやって勉強机を占拠し、二階、三階、更には屋根裏部屋へと積み重ねられていった。壁中本棚で埋まる書斎もあれば、客間、サンルーム、遊戯室、保育室まであった。いつしか僕たち三人が暮らす家よりずっと広々とし、部屋数も多く、調度品も豊富になっていた。

家の中では、ちょっとした何か、例えば食器洗いのスポンジやマッチ箱やもう使っていない革のコインケースや、そういうもののどこかが切り取られているのに気づく機会が増えた。あっ、またあいつか、と思うだけで実害はなかった。妹に必要なのはほんのささやかな一部分だけだった。枕《まくら》かマットレスの中身にされるため角を切り取られたスポンジは、流し台の片隅で、何事もなかったように水滴をしたたらせていた。

それでもおじいちゃんは孫娘が不自由しているのではないかと心配したのだろう。自分なりに考えて、役立ちそうな材料を集めていた。キーホルダーの留め金、軟膏《なんこう》のキャップ、外れた飾りボタン、珊瑚《さんご》の欠片《かけら》、ビーズ一粒。そうしたものたちを夜、食卓の上に置いておくと、朝には姿を消し、いつの間にかドールハウスの中で思いも寄らない姿に生まれ変わっていた。

「じゃあな」

僕は玄関ポーチにベネディクトを置いた。妹の指示に忠実に従うなら、彼を庭に放し、一時間ほど自由に運動させ、そのあと水をやってドールハウスへ戻すという手順になるのだが、とてもそんな暇はないのでポーチに置いたまま学校へ行くことにした。自転車にまたがり、門扉《もんぴ》を閉めたところで念のために振り返ったが、ベネディクトは傘立ての陰で大人しくしていた。

学校どころか外出さえしなくなった妹にとって、ベネディクトの散歩の時間が唯一《ゆいいつ》外の空気を吸う機会だった。まず妹は彼を庭の東隅にあるユーカリの根元に置く。そこが用を足すのに最も安心できる場所らしい。自分はポーチに腰を下ろしてその様子を見守りつつ、時折彼に視線を送っては、そっと微笑《ほほえ》んだりする。それから適切なタイミングを見計らって枯れた芝生の真ん中、植木鉢の脇《わき》、塀の角などに移動させ、その都度彼が満足するまでポーチで待っている。雨の日でも変わりはない。

夕方、台所で晩御飯の支度をするおじいちゃんの手伝いをしていると、窓から妹がチラチラ見えた。夕焼けの中、ポーチに座っている姿は普段より尚《なお》いっそう小さく感じられ、そのままドールハウスへ納まってもおかしくないようだった。僕に気づきもせず、妹は瘦《や》せた足で雑草を踏みながらベネディクトに近寄り、彼を摘み上げ、土を払っていた。何か話し掛けているようでもあったが、声は聞こえず、彼の姿もまた手の中に隠れて見えなかった。ただ妹のシルエットが窓ガラスに映るばかりだった。

学校から帰ってみると、ベネディクトは朝と同じく傘立ての陰にいたが、その足元にポツポツ何かが落ちているのを発見して僕は思わず、家の中に向かって声を上げた。

「ねえ、おじいちゃん。戻ってる？」

「ああ、ついさっきな。無事、手術は終わったよ。麻酔からもちゃんと覚めた」

「それはよかった。ところでさ、ベネディクトの下に何だか変な……」

「フンをしたんだ」

「えっ」

「フンだよ」

僕はもう一度それをよく眺めた。黒くて粒々していた。

「片付けておいてくれるか。はい、これ」

おじいちゃんは僕に塵取《ちりと》りと箒《ほうき》を手渡した。配電盤の銅板を窪《くぼ》ませて作った塵取りと、爪楊枝《つまようじ》の先に裂いたストッキングを結んだ箒だった。

「ユーカリの根元に捨てておくれ。養分になるからな」

どちらも持ち手が小さすぎて扱いにくいことこの上なかったが、人差し指と親指を使ってどうにか箒を動かすと、案外あっさりフンは塵取りに集まった。どんなに縮小されていても、形がその通りに保たれていれば、役目をちゃんと果たすものなのだと、妙に感心した。

改めてフンを凝視すれば、どうも植物の種のようだった。その証拠にユーカリの根元には種類は分からないが、何かしらが好き勝手に生え、あるものは双葉を芽吹かせ、あるものは成長しきれずに倒れ伏し、またあるものは白い小花を咲かせて茂みを作っていた。茂みの中に僕はフンをパラパラと撒《ま》いた。夕日に照らされながらベネディクトは、すべてが終わるのを待っていた。

その夜、おじいちゃんと二人だけで晩御飯を食べた。キャベツとベーコンの簡単なスパゲッティーだった。

「一人いないだけで、どうも張り合いがなくてな」

弁解するようにおじいちゃんは言った。

「別に構わないよ。病院の付き添いでくたびれてるんだからさ」

家族が減ってゆくことに僕たちは慣れているはずだった。母親、つまりおじいちゃんの娘は妹を出産する時の出血が原因で急死し、父親は子供を置いて新しい女性のところへ去り、おばあちゃんはおととし天国へ旅立った。それなのに一番小さな妹がちょっと入院しただけで、僕たちの間にごっそり空洞が出現したかのようだった。

「食器は洗っとくよ。おじいちゃんは早く寝た方がいい」

「そうするかな。明日も朝一番で様子を見に行ってやらねばならん」

「うん」

僕たちは塩辛いスパゲッティーを黙って食べた。

ドールハウスと言いながらその中に人形の姿はなかった。多少なりとも生き物の気配があるとすれば、ベネディクトと、あとは寝室の壁に貼られた映画スターの写真だけだった。妹は定期購読している映画雑誌が届くのを毎月楽しみにしていた。妹の好みはあくの無い典型的な美形の男優で、ロバート・レッドフォード、ブラッド・ピット、レオナルド・ディカプリオの三人がベスト3の地位を占めていた。

しかし不思議なのは彼女が映画を全く観《み》ようとしないことだった。映画館へ行くのは無理だとしても、テレビやビデオでいくらでも機会はあるのに、作品自体には興味を示そうとしなかった。ロバート・レッドフォードとブラッド・ピットが共演した時も、『タイタニック』のノーカット版が放送された時も、方針は揺るがなかった。

「いいの。顔とタイトルを見れば、心の中で映画を作れるから。そっちの方がきっと、本物より感動的な映画に違いないもの」

と、妹は言った。彼女に必要なのはあくまでも、雑誌に載っているスターの顔だけなのだった。

一冊雑誌が届くと、広告から奥付に至るまで読み尽くした。特にベスト3に関する記事は暗唱できるほどだった。そしてこれぞという数枚を選び出すと切り抜いて、先月分のと取り替えたりレイアウトを工夫したりしながら、寝室の壁に貼っていった。寝室はロマンチックなインテリアで統一されていた。ベッドカバーはチロリアンテープで縁取られ、ガウンはフリルだらけで、三面鏡の前には色とりどりの香水瓶が並んでいた。天蓋《てんがい》付きベッドからはレースが長々と垂れ下がり、マットレスはハンサムなスターを夢見るのに相応《ふさわ》しく、ふかふかとして寝心地がよさそうだった。

ただ、スペースにぴったり合う大きさの写真を見つけるのは難しかった。ページの中で小さく見えても、実際切り抜いてみると、壁一面をレオナルド・ディカプリオが覆《おお》い尽くしてまだ余る、ということがしばしばあった。特にベスト3は花形なので、どのページでもことさら大きく取り上げられているのが常だった。

「もっとちゃんとしたポスターを貼ればいいじゃないか、ここに」

時間割をはがした跡の残るくすんだ壁を叩《たた》いて僕は言った。その脇にあるベッドは、昔二人で使っていた二段ベッドを分解した片割れだった。妹は全くお話にならない、という表情を浮かべた。

「だって私は毎晩、ここで眠るんですもの」

妹はドールハウスを指差した。その先には、おばあちゃんが作ってくれたよそ行きのブラウスを分解してカバーにし、中に食器洗い用スポンジを詰め込んだ、小さなベッドがあった。

妹は丹念にページをめくり、片隅のコラムや来月号の予告やミニ情報コーナーに目を凝らして、適切な大きさの写真を見つけ出す。自分の不注意でせっかくの彼らを台無しにしてはいけないと、慎重にハサミを入れ、その美しい顔を切り抜いてゆく。

ロバート・レッドフォードはうつむいているうえにピントがずれている。ブラッド・ピットは一緒に写っていた隣の女優を無理に切り離したために金髪が写り込んでいる。レオナルド・ディカプリオは煙草《たばこ》をくわえ、寝癖がついたままになっている。それでも彼らは妹が行ったことのない、これからも決して行くことのないだろうどこか遠い場所から、風を運んでくる。彼ら自身も演じた覚えのない、観客はたった一人妹だけの映画が、毎夜上映される。

ベネディクトのフードは台所のカップボードに仕舞われている。食器を並べている下側の、両開きの戸の奥に、紙袋に入れて保存してある。フードは妹のお手製だ。小麦粉に人参と卵の殻とスキムミルクを入れ、鶏の骨で取ったスープを加えて混ぜる。それをよく捏《こ》ね、冷蔵庫で寝かせたあと粒状に丸め、オーブンで焼く。季節によって材料は、トマトや南瓜《かぼちゃ》やホウレン草に変更されることもある。

フード作りの時は毎回、大した量を作るわけでもないのにこのありさまは何だ、というくらい台所は大騒ぎになった。粉を篩《ふる》いにかけたり野菜をすりおろしたりといった手順を妹は決して省略せず、材料の質にもこだわった。調理台の真ん中に立ち、作業に集中しながら時折助手のおじいちゃんに指示を出した。

「よしきた」

指示が飛ぶとおじいちゃんは素早く返事をし、鶏の骨をぶつ切りにしたり血を洗い流したりした。

二人が食卓に向かい合って座り、一粒ずつ生地を掌《てのひら》で丸めてオーブンの鉄板に並べてゆくのを、僕は傍から眺めるだけだった。人手は足りていたし、急ぐ必要はどこにもなかった。二人の手つきは丁寧で、真剣で、連携が上手《うま》く取れていた。同じ大きさの粒が鉄板に真《ま》っ直《す》ぐ並ぶことに、喜びを感じているようだった。彼らの姿を見ていると、たかだか犬の、しかもベネディクトのためのものを作っているとは思えなかった。粘土でいいじゃないか、とはとても言えなかった。

食卓と流し台の間から手を差し入れ、カップボードの開き戸の取手を引っ張るのに僕は難渋した。ドールハウスの中で僕の指はどうしようもなく大きすぎた。少し油断するとすぐ、スパイスラックをひっくり返したりサイドテーブルのワインの瓶を倒したりしそうになった。ほんのわずか指先で摘んだだけでカップボードの扉は呆気《あっけ》なく開いた。ジャムの瓶や水差しや蜂蜜《はちみつ》の壺と並んで、フードの入った紙袋があった。ベネディクトの頭文字Bが大きく書かれていたのですぐに分かった。

くれぐれも数を間違えないよう、十五粒十五粒と唱えながら一個ずつベネディクト用の皿に入れていった。その皿の真ん中にもやはり、Bの文字があった。

「さあ、お食べ」

居間の安楽椅子の脇、いつもの居場所で寛《くつろ》ぐベネディクトの前に僕は皿を置いた。

「手術は無事済んだらしい」

僕はつぶやいた。

「四、五日で帰ってこられるよ、たぶん」

やはり縮尺がおかしく、皿は明らかにベネディクトには大きすぎ、盥にしてもいいくらいだった。それでもベネディクトは気にする様子もなく、相変わらずどこかピント外れの方向を見つめていた。

翌朝妹の部屋へ入ると、皿が空になっていた。何かの拍子にこぼれたのかと思い、暖炉の回りや安楽椅子の下を探してみたがフードは見当たらなかった。

「そうか、食ったのか」

東向きの窓から差し込む朝日が、塗りむらの残る、ベニヤ板の木目が浮き出るドールハウスの屋根にも当たっていた。食卓にはティーセットが並び、書斎の書き机には読みかけの本が開いたまま残り、ベッドの隣でレオナルド・ディカプリオは寝癖をつけながらも微笑んでいた。

「じゃあ、次は散歩だ。ユーカリのところで用を足さなきゃな」

僕はベネディクトを摘み上げた。

ドールハウスの中で妹が最も根を詰めて作製に励んだのは、書斎に並べる本だったかもしれない。寝室の隣にある書斎は常にベルベットのカーテンが引かれ、しんとして落ち着いた雰囲気で、壁中本棚に囲まれていた。そこに納める本を、妹は全部手作りしていた。ページの幅に切ったメモ用紙を細長く糊《のり》でつなげ、山折り谷折りと順番に折り畳んでゆき、最後にボール紙で作った表紙を取り付ける。表紙は一冊ずつ装丁が違い、お菓子の包装紙を貼り付けたのもあれば、何やらイラストが描かれているのもある。タイトルと著者名も記されている。

それだけではない。中身もちゃんと書かれていた。一番硬い鉛筆を細く尖《とが》らせ、背中を丸め、机にへばりつくようにして、妹は〝執筆〟活動にいそしんだ。

「一冊借りてもいいか？」

気紛れに僕が頼むと、気前よく貸してくれた。アンドレ・ジッド『狭き門』だった。

パラパラとめくり、中に本物の字が、意味の通じる文章が書かれているのを知って僕は驚いた。

『力を尽して狭き門より入れ』

一ページめに、間違いなくそう書いてある。どんなに小さな字でも、所々線がくっついたり隙間《すきま》が潰《つぶ》れたりしていても、妹の筆跡だと分かった。

「これ、本当に『狭き門』なのか」

どうせ字など書けるはずがない、本の体裁を整えるために波線か点々でも書いているだけだろう、何せこんなに小さい本なのだから、と思い込んでいた僕は改めてページをめくり直した。

「そうよ」

当然という顔をして妹は答えた。

「こっちは『月と六ペンス』でこれは『人間の土地』」

「全部お前が書いたの？」

「はい」

まるで自分がモームかサン＝テグジュペリ自身であるかのような口振りで、妹はうなずいた。それから、

「もっとも、全部書き写すのは無理だから、かなりかいつまんであるけどね」

と、付け加えた。

妹のために僕は図書館からせっせと本を借りてやった。『ロミオとジュリエット』『異邦人』『遠い声　遠い部屋』『みずうみ』……。それらを彼女は一息に読み、ポイントになる文章をピックアップし、自分の本のサイズに合う内容に整え直して書き写す。みるみる書斎は本で埋まってゆく。一冊の本が、妹の手を通して新しい形に姿を変え、新たな居場所を見つける。

最初はからかい半分だったのに、いつしか自分の借りてきた本が小さくなって、糊の匂《にお》いも初々《ういうい》しく、書斎の本棚に納まっている様子を見るのが僕は楽しみになっている。ドールハウスのために自分に割り当てられたのは図書係なのだ、ドッグフード係のおじいちゃんと役目を分け合っているのだ、という気持になっている。

ごくたまに、ドールハウスにも手紙が届いた。門柱に取り付けられた郵便受けに、横長の上品な封筒が入っている。切手には外国の偉人の肖像が描かれている。妹はいかにも特別なものに触れるといった感じでそれを取り出すと、書斎の書き机に置かれた文箱《ふばこ》へ仕舞い、すぐには読まない。数日たって十分に気持を高めてから、封を切る。

その文箱の中身だけは僕にも見せてくれない。ベネディクトでさえ近寄るのを禁じられている。

「誰から？」

僕が尋ねると、妹はもったいぶってもじもじしたあと、ようやく小さな声で、「ロバートから」あるいは「ブラッドから」あるいはまた、「レオから」と答えた。

「ファンレターの返事をくれたのよ」

「ふうん」

とだけ言って僕は、妹がゆっくり手紙を読めるよう、ドールハウスから離れる。病院のベッドに横たわる妹を思い浮かべながら僕は、手紙にはどんなことが書かれているのだろうかと想像を巡らせる。ロバートやブラッドやレオが妹に優しくしてくれればいいが、と思う。

真夜中過ぎ、トイレで目が覚めると、妹の部屋に灯りがともっていた。おじいちゃんがドールハウスの前に立ち、コリコリ、コリコリ、奇妙な音を立てていた。夕方僕が置いたベネディクトのフードを食べているのだった。

「駄目だよおじいちゃん」

僕は言った。

「原材料はみな、食べられるものばかりだから、そう問題はないと思うが……」

口をもそもそさせておじいちゃんは言った。

「だって、犬の食べ物だよ」

「まあ確かに、ちょっと硬すぎるな。入れ歯が欠けたかもしれん」

「気をつけなきゃ」

「しかし普段はいつも、あいつが食べているんだ」

「本当？　だから盲腸なんかになるんだよ」

「え、そうなのか？」

おじいちゃんは自分の右わき腹を押さえた。

「とにかく、入れ歯は早めに直してもらった方がいいよ」

「うん、そうだな」

口元についたフードの粉を払い落としながら、おじいちゃんは自分のベッドへ戻っていった。

ベネディクトの皿にはまだいくつかフードが残っていた。僕はそれを一粒摘み、自分の口に入れてみた。なるほど硬くて容易には噛《か》み砕けず、舌触りがザラザラとして、何の味もしなかった。心なしか黴《かび》のにおいがするだけだった。

白熱電球に照らされた夜更《よふ》けのドールハウスは、片隅の小物たちの輪郭が昼間よりもくっきりとして見えた。台所の鍋類はたった今磨き上げられたばかりといった感じで艶《つや》やかに光り、サンルームの床には植物たちの影がのび、本棚の本たちは皆、手に取ってもらえる時が来るのを待ち続けていた。フードを横取りされたのも知らずベネディクトは、安楽椅子に体を寄せ、垂れた耳で暖炉の火のはぜる音を聞いていた。

「そろそろ、寝る時間だぞ」

僕はイニシャルBの皿を片付けた。ティーテーブルと柱時計と、いろいろあたりのものに指が触れ、ポットや花瓶やロウソク立てがぐらついたが、やがて静まった。安楽椅子から床に滑り落ちた膝《ひざ》掛けを、僕は畳み直して元に戻した。もうベッドに入って落ち着いたのか、おじいちゃんの気配は遠のいていた。

その膝掛けは妹が赤ん坊の頃に使っていたレース編みのおくるみを切り取り、縁に房飾りを付けたものだった。元々の可愛《かわい》いピンク色はいつしかくすんでしまったが、花柄の模様はまだ綺麗《きれい》に残っていた。妹がお腹《なか》にいる時、死んだお母さんが編んだのだとおばあちゃんが言っていた。

妹は居間の安楽椅子で長い時間を過ごす。ポットにはたっぷり熱いお茶が入り、暖炉の炎は穏やかに揺らめき、時計の針とベネディクトの寝息以外、他には何の物音も聞こえてこない。床のせいか脚のバランスのせいか、安楽椅子は心持ち傾いているが、妹は気に掛ける様子もなくゆったりと身を預けている。どういうふうに腰掛けたら快適か、誰よりも彼女が一番よく心得ている。

先週届いた手紙を妹は読んでいる。この世の人ではないくらいにハンサムな男の人から届いた、彼女にだけ読む資格がある手紙だ。一通り読み、もう一度読み、また繰り返し何度でも読み返しているうち、すっかり文面を暗記してしまう。便箋《びんせん》を見なくても頭の中で好きなだけ蘇《よみがえ》らせることができるようになってもまだ、手紙を見つめ続けている。

ベネディクトが欠伸《あくび》をする。ようやく妹は封筒をティーテーブルに置き、手をのばしてベネディクトの背中を撫でる。彼の背中は彼女の手が届く丁度いい高さにあり、そこだけは縮尺が上手い具合に納まっている。ベネディクトの背中は滑らかで、ふかふかして、お茶よりも暖炉よりも温かい。このままいつまでも撫でていたい、と思わせてくれる種類の温かさがそこにある。ベネディクトは少しも迷惑そうにしない。それどころか、

「ええ、いいのです。いつまでもいいのです。私の背中はそのためにあるのですから」

というかのように、じっとされるがままになっている。妹はそんな気分になる。体はおくるみに包まれている。ベネディクトさえいれば、何の心配もいらない。妹の全身をぐるりとくるんでもまだゆとりのある、たっぷりとしたおくるみだ。一針一針レースで編まれた、編目には母親の指の感触が残っている。妹は目を閉じる。どこまでも深くおくるみの奥で、小さく小さくなってゆく。


次の日、学校から帰ったらベネディクトがいなくなっていた。朝いつものように玄関ポーチに置いておいたのに、姿が見えず、ただフンが散らばっているだけだった。

「おじいちゃん。ねえ、おじいちゃん。ベネディクトを知らない?」

おじいちゃんはまだ、病院から戻っていなかった。

傘立てをひっくり返し、芝生の上を這《は》いずり回り、もちろんユーカリの根元の茂みをかき分けてみたが、ベネディクトはどこにもいなかった。風で飛ばされたのだろうか。カラスがくわえていったのだろうか。やはり妹の指示通り、散歩は一時間で切り上げるべきだった。ポーチに置き去りになどすべきではなかったのだ。僕は後悔の念にとらわれ、どうしたらいいのかわけが分からなくなっていた。

「落ち着くんだ」

僕は自分自身に言い聞かせた。おじいちゃんがドールハウスに戻したのかもしれない。僕以外にベネディクトをどうにかできるのは、おじいちゃんしかいないのだし、フンやフードのことにあれこれ関わっているのはいつでもおじいちゃんなのだから、そうだ心配はいらないのだ。

僕は階段を駆け上がり、妹の部屋に飛び込んだ。しかしドールハウスの安楽椅子の隣は空っぽで、フードのなくなったBの皿だけがそのまま取り残されていた。

あとは思いつく限りの場所を探すしかなかった。カーテンの襞《ひだ》の間、スリッパの奥、あらゆる引き出し、ゴミ箱、ベッドの下、ポケットの中……。いなくなってみてようやく、ベネディクトがいかに小さいか思い知らされるようだった。彼が隠れていそうな場所は、そこら中にいくらでもあった。

これは盲腸の悪化を暗示しているのではないのだろうか、と僕は思った。少なくとも好ましい前触れでないことだけははっきりしていた。妹は悲しむだろう。僕を罵《ののし》るかもしれない。古びた玩具《おもちゃ》の犬のために、盲腸の傷が痛むのも忘れて、きっと涙を流すだろう。

その時ふと、もしかしたらおじいちゃんが病院へ連れて行ったのではないだろうか、という考えが思い浮かんだ。そうだ、そうに違いない。妹を励ますためにベネディクトはお見舞いに行ったのだ。それならおじいちゃんも、一言書き置きくらいしておいてくれたらよかったのに。

急に安堵《あんど》して立ち上がった瞬間、どういうはずみかドールハウスの屋根に腕が当たり、気づいた時には傾いたドールハウスからあらゆるものがバラバラと転がり落ちていた。慌《あわ》てて両手で受け止めようとしたが無駄だった。僕の手の先を、フォークもフライ返しも宝石箱もミシンもペンケースも、何もかもがすり抜けていった。

あたりが静まってからようやく僕は自分の足元に目をやった。そこに書棚からこぼれてきた本が散らばっていた。ある本はひっくり返り、ある本は積み重なりしている間に、ベネディクトは立っていた。もうずっと前からここでこうしていたのです、という落ち着き払った表情で、欠けた鼻先を持ち上げ、斜め前方の一点をじっと見つめていた。ベネディクトの前に、一冊本が開かれていた。丁度今、このページを読み終えて、ゆっくり言葉をかみ締めているところです。彼の目はまるでそう言っているかのようだった。

僕は本を手に取った。『ブリキの太鼓』だった。

『母はオスカルを小人さんと呼んだ。あるいは、私の小さな、可哀《かわい》そうな小人さん、と』

そこにはそう書かれていた。

僕は落下した品々を拾い集め、ドールハウスに戻していった。元あった場所、妹が定めた正しい場所に、間違えないよう一つずつ置き直していった。『ブリキの太鼓』を書斎の本棚に仕舞い、膝掛けを畳んで安楽椅子に掛け、その脇にベネディクトを立たせた。

明日は、妹が退院してくる日だった。

〈参考文献〉
「狭き門」　山内義雄訳
「ブリキの太鼓」　高本研一訳

チーター準備中

hを手放してから十七年が経《た》った。しばらくは呆然《ぼうぜん》とし、家に閉じこもっていたが、紹介してくれる人があって動物園の売店で働くようになった。

［Zoo Paradise］は正面ゲートを入り、フラミンゴ舎と孔雀《くじゃく》舎の間のスロープを上った右手にある。そこは木陰にベンチを並べただけの、ちょっとした休憩スペースになっていて、ほかにも軽食スタンドやコインロッカーや授乳室が立ち並んでいた。すぐ裏手側は、象の寝室だった。

楽園と看板を掲げるほどには、店内は華やかではない。天井は黒ずみ、空調は始終耳障《みみざわ》りな音を立て、従業員の制服は野暮ったい。ぬいぐるみ、Tシャツ、ワッペン、下敷き、メモ用紙、積み木、クッキー、キャンディー、ジグソーパズル、雨合羽……。商品はどれもこれもが安物で、お座なりだった。何かしら動物の形をしていたり、絵が載っていたりする品々を寄せ集め、とりあえず並べてある。そんな風情《ふぜい》が隠しようもなく漂っていた。

けれど子供たちは、お土産に何か一つでも買ってもらえれば、この世で自分ほど幸福な者はいない、という表情を浮かべた。ぬいぐるみの山に手を突っ込み、ベルベットの長い舌がはみ出したカメレオンや、大きすぎるガラスの目玉が指紋でベタベタになったスローロリスや、下の方で押し潰《つぶ》されて鼻先が曲がったツチブタを引っ張り出してきた。すぐに抱いて持って帰れるよう、私は値札を切り離し、埃《ほこり》をはたき、「はい、どうぞ」と言って手渡してやった。すると彼らはまるで、目の前にいるおばさんがぬいぐるみを作った本人であるかのような、この人こそが楽園の女王様であるかのような目で、私を見つめるのだった。

それでも次の瞬間にはもう、子供たちは私に背を向けていた。ぬいぐるみをしっかりと脇《わき》に抱え、もう片方の手で母親と手をつなぎ、こちらを振り返りもしないまま遠ざかっていった。

動物園は夕方五時半に閉園する。一日の時間割をよく理解している賢い象は、その時刻が近づくと、放飼場から寝室へつながる仕切りの前に寄ってくる。鼻を揺らしながら、鉄の扉が開くのを待っている。

一昨年《おととし》、長老の雄が死んで、雌二頭が残された。

『ラトビア共和国生まれの女の子・39歳です。アメリカシカゴ生まれの女の子・16歳です』

と、プレートには書いてあり、雄の説明文は白ペンキで塗り潰されている。

二頭はあまり仲が良くない。餌《えさ》をもらう順番も水浴びの場所取りも、一応年長者のラトビアが優先されているが、気の強いシカゴは何かにつけ相手を出し抜いてやろうと、隙《すき》をうかがっている。仕切りの前でも、自分が先に寝室へ入るべくフェイントをかけては、ラトビアに鬱陶《うっとう》しがられている。

閉園時間を告げる音楽がスピーカーから流れだすと、人々は皆そのメロディーに歩調を合わせ、出口に向かって列をなしはじめる。いつの間にか［Zoo Paradise］の人影も消えている。そしていよいよ鉄の仕切りが開かれる。

重く錆《さ》びついた滑車が転がるゴロゴロという音のあと、ラトビア、シカゴの順で二頭は寝室へ続く通路を進んでゆく。売店から象舎は見えないが、私は彼女たちの姿をありありと思い浮かべることができる。あれほどの巨大な体を持ちながら、どうして彼女たちはこんなにも静かなのだろうかと、私はいつでも息を飲む。老木のように思慮深い四本の脚は、戸惑わず、油断をせず、正しい場所を踏みしめ、一瞬たりとも無駄な音を発しない。もし真の静けさというものがあるのなら、この者たちの足裏こそがそれを生み出しているに違いない、と思わせてくれる。

一日の売り上げを計算し、お金を金庫に仕舞い、陳列棚にカバーをかぶせている私の足元に、二頭の発する気配とも振動とも言えない微《かす》かな合図が伝わってくる。彼女たちは一日の終わりを悟り、何の未練も残さず昼間の光に背を向け、寝床を目指す。お互い相手を無視するでもなく、かと言って親しく体をすり寄せるでもなく、尻尾《しっぽ》と鼻が触れそうで触れ合わないぎりぎりの間隔を保っている。バードケージから熱帯の鳥たちのけたたましい鳴き声が聞こえてくるが、象舎の空気が乱されることはない。シカゴが一度、耳をパタリとさせるだけだ。

広い動物園で、光に別れを告げる彼女たちの合図を感じ取っているのは、自分一人だ。他の誰でもない自分だけのために、すぐそこまで闇《やみ》が迫っているのを知らせてくれているのだ、と私は思う。

どれほどの重みも無言で受け止める、足裏の深々とした柔らかさについて私は考える。そのざらりとした手触りを掌《てのひら》に蘇らせる。二頭の静けさに身を任せていれば、長い夜も安全だという気持になれる。

ラトビアは一番奥、シカゴは二つ手前の寝室に入ってゆく。そこは既に寝床が整えられている。ラトビアは壁にもたれかかって、シカゴは横になり脚を投げ出して眠りにつく。

「さあ……」

私はつぶやく。

「お利口に、おやすみなさい」

hには言えない「おやすみ」の言葉を、代わりに象に向かってささやきかける。しかしその一言は結局どこにも行き着けないまま、私の耳元で渦を巻いている。二頭が動かなくなったのを確かめてから、私は楽園の鍵《かぎ》を閉め、スロープを下り、動物園を後にする。

仕事の帰り道、私は駅前のアイスクリーム屋に立ち寄る。そこで一個、アイスクリームを買って食べるのが、ほとんど唯一《ゆいいつ》の楽しみだった。店のガラスケースには、縦横四×六、合わせて二十四種類のアイスクリームが並んでいた。バニラやチョコレート、ストロベリーといった定番の他、季節ごとに次々と味が入れ代わった。店は繁《はん》盛《じょう》していた。ケースの前で少しでも思案していると、すぐさま女子高生のグループが割り込んできた。学生鞄《かばん》や運動着の入ったバッグをぐいぐい押し込めてスペースを確保し、「わたし、バナナクリームのラージサイズ」「キャラメルとサイダー、ダブルにする」「マンゴーシャーベット、カップでお願い」といった調子で次々注文を繰り出し、その間もずっとお喋《しゃべ》りをし続けていた。

気がつくと私は片隅に追いやられていた。ためらいもせず高らかに自分の味を主張する彼女たちを、圧倒される思いで眺めるしかなかった。

「メイプルマロンを、一つ……」

ようやく決心を固め、そう口に出すが、女子高生たちの前で私の声はため息ほどの勢いもなく、店員の耳には届かなかった。誰もが私のことを、単なる付き添いか、間違えて紛れ込んでしまった人だと思っているようだった。

気づいてもらえるまで、私は大人しく待った。待っている間に、いや、やっぱりラムレーズンの方がいいだろうかと迷いがぶり返すのもしばしばだった。各々《おのおの》望みの種類を手に入れた彼女たちは早速それを舐《な》めながら、私には目もくれず、店内の奥へ移動していった。彼女たちの首筋は固まりきらないクリームのように危うげで、まだどこかに赤ん坊の頃の甘い匂《にお》いを残していた。それが本当に首筋から漂ってくるのか、あるいは単にアイスクリームのせいなのか、私には区別がつかなかった。いよいよ順番が巡ってきた時、自分がどの種類を頼めばいいのか訳が分からなくなっていた。

ある時私は、ガラスケースの一番上左角からスタートし、右横へ毎日順番に一つずつ注文しようと決めた。そうすればもう迷う必要はなく、しかもすべての種類をまんべんなく食べることができるのだった。

一日の終わりに食べる一個のアイスクリームは、何の代わり映えもしない毎日に彩《いろど》りを添える、ささやかな習慣だった。台風のせいでぬいぐるみが一つも売れなかったり、気難しい客に三時間も怒られ続けたり、商品の入った段ボールを持ち上げて腰を痛めたりした日でも、カシスシャーベットをコーンにのせてもらえば、そのルビー色が多少なりとも心を慰めてくれた。レモンマシュマロの柔らかさは安堵《あんど》を、アーモンドのカリカリと砕ける音は励ましをもたらした。

ただ一つバニラの日だけは、なぜかものわびしさが募った。季節が移り変わろうと、どんな流行が訪れようと、バニラは決して姿を消すことなく、常に二十四種類の一角に場所を確保していた。にもかかわらず、それを注文している人に一度も出会ったことがなかった。他の二十三種が華やかな色を競い合い、ナッツやチョコチップやマーブル模様で身を飾り立てているのに比べ、バニラはあまりにも素っ気なかった。ガラスケースの中でそこだけが取り残され、孤立しているように見えた。

「あの……バニラを……」

バニラの日は、普段にも増して大きな声が出せなかった。

座るのはできるだけ女子高生から離れた片隅の席と心掛けていたが、それでも混雑がひどくなると彼女たちはこちらに迫ってきて、私の目の前にスポーツバッグを置く者もあった。私は肩をすぼめ、誰とも視線がぶつからない床の一点を見つめ、ひたすらアイスクリームだけに専念しようと努めた。彼女たちは喋り続けながら、私のよりずっと大きなサイズのアイスクリームに果敢に挑んでいた。遠慮なく舌をのばし、それを自在に操りながらクリームをすくい取り、バリバリ音を立ててコーンを砕いた。口の周りが汚れても、スカートの裾《すそ》から太ももが覗《のぞ》いて見えてもお構いなしだった。怖いものなど何もないようだった。

私はよりいっそう背中を小さく丸め、臆病《おくびょう》な小鳥が木の実をついばむようにして口をすぼめ、コーンの縁を舐めていった。しかしどんなに用心していても、目の前のバッグを無視することはできなかった。中に入っているのは部活動用のトレーニングウエアだろうか、それとも体育の時間に着る体操服とブルマーだろうか。バッグは汗と埃を吸い込み、くたびれ果ててぐったりしていた。大威張りでアイスクリームを食べる彼女たちも、実はまだ庇護《ひご》が必要なか弱い者であるという事実を証明しているかのようなバッグだった。つい手に取って両腕で持ち上げ、胸に抱き寄せてみたくなる重さと大きさを持っていた。別れた時のhも、丁度これくらいの……

その思いがこみ上げてきた途端、溶けたアイスクリームが指を垂れ、スカートの上に落ちた。慌《あわ》てて紙ナプキンを取ろうとした私の手が、バッグの持ち主らしい少女の背中に触れたが、彼女はわずかに振り返り、不審な表情を一瞬浮かべただけですぐにまたお喋りに戻った。拭《ふ》いても拭いてもスカートの染《し》みは消えなかった。

ガラス張りになった向こう側の歩道を、人々が大勢通り過ぎていった。ケースの前には行列ができ、店員は忙しく立ち働いていた。相変わらず誰一人、私に注意を払う者はいなかった。誰からもバニラのように忘れ去られていた。

動物園はそう広くなかった。目玉となる猛獣類や象やカバは一応揃《そろ》っていたが、ゆっくり歩いても一時間あれば全部の動物を見て回れるくらいの規模だった。休憩時間にはよく一人で園内を散歩した。売店の従業員として動物の勉強をしておく必要があったし、控え室で同僚たちと雑談をするのが苦痛だったからだ。
ある日私はチーターの檻《おり》の前で立ち止まった。
『食肉目　ネコ科
チーター

英名　Cheetah
体長 110〜140cm　体重 40〜70kg
アフリカからインド北部のサバンナや荒地に生息します。地上最速、時速 100km以上のスピードで走ることができます。昼行性で、低木の上や茂みに隠れて獲物《えもの》を狙《ねら》います。木登りは苦手です。妊娠期間は90〜95日。一回に1〜8頭が生まれますが、ライオンやハイエナに食べられて死亡する確率が高く、成獣になるのは5パーセントほどです』
チーターはスイスの動物園生まれの雌が一頭だった。茂みの奥にある、岩場の隙間に腹ばいになっている時間が長く、気づかない見学者もいるほどで、アムールトラやライオンに比べるとその雰囲気はずっとひっそりしていた。
私が目を留めたのは、説明文にある妊娠期間でも、一度のお産で生まれる赤ん坊の数でも、その死亡率でもなかった。
英名　Cheetah
チーターの最後にはhがあった。私はそのhを見つめた。小さな声で「チーター」と口に出してみた。
いつからチーターの一番後ろには、hが潜んでいたのだろう。自分は毎日のように猛獣舎の前を通っていたのに、何も気づかなかった。ヒョウはLeopardで、ジャガーはJaguar、トラはTigerだった。hはただチーターだけと共にあった。見学者たちは皆ここに立ち、岩場を指差して数えきれないくらい何度も「チーター、チーター」と呼びかけているはずだ。そのチーターという響きの中に、確かに発音されることもなく、あるのかないのかさえはっきりしないままに、hが付け加えられていた。誰がそんなところにhを隠したのだろう。

鼓動を鎮《しず》めるために私は目を閉じ、猛獣舎のガラスに掌を当てた。それはよそよそしくひんやりとしていた。次に目を開けた時、チーターは同じ格好で同じ場所に寝そべっていた。

以来、チーターは私にとって特別な動物になった。少しでも時間ができるとすぐチーターのところに向かい、何をするでもなく、ただじっと彼女を眺めていた。[Zoo Paradise]と猛獣舎は離れていたので、できるだけ休憩時間を有効に使うためには、スロープを思いきり駆け上がらなければならなかった。息が切れても膝《ひざ》が痛んでも私は平気だった。いつでもチーターは悠然としていた。hを隠している素振りなど微塵《みじん》も見せなかった。

黄土色に黒い斑点《はんてん》が散らばる見事な模様と、尻尾の先まで連なる背中のラインのしなやかさは、まるで草陰に置かれた一束の絹糸のようだった。頬ずりをしたらどんなに気持がいいだろうかと、つい想像してしまうほどだった。それがひとたび立ち上がれば、魅力は尚《なお》いっそう際立《きわだ》った。全身の筋肉は一分《いちぶ》の隙もなく緊張をはらみ、斑点模様は計算し尽くされた密度で全身を覆い、一歩踏み出すごとに尻尾が繊細に揺らめいた。

思いの外、彼女は大きくなかった。胸回りはほっそりとし、お腹《なか》はえぐれ、頭は小さかった。一つ気がかりなのは、目の縁から鼻の脇を通って口元にまで続く、黒い筋だった。顔に刻まれた、チーターの証拠となるその印のために、私には彼女が泣いているように見えた。いつか流した涙の跡が、消えないままに残ってしまったのではないだろうか。そう思うと心配でたまらなかった。しかし目の表情をうかがおうとしても、彼女の瞳《ひとみ》はどこか遠くに向けられたままだった。

生涯、hの名前は口に出すまいと決心し、書物やニュースや町中で偶然同じ名を見かけても、すぐさま目をそらしていたが、動物園でチーターと出会って以来、hを思いながらチーターという言葉を口にすることだけは、自分に許すようになった。レジを打つ合間、ぬいぐるみを子供に手渡す間際、アイスクリームの最後の一口をすくい取る瞬間、私は「チーター」とつぶやく。そのつぶやきの最後、息と共に消え入ってしまうhの姿を、胸によみがえらせる。

昨日は脱走訓練の日だった。地震で柵《さく》が壊れ、シロサイが脱走したという設定だった。飼育係が着ぐるみに入ってシロサイの役を務めた。

ちょうど［Zoo Paradise］の前の休憩スペースが、サイを追い込み捕獲する地点になっていたので、あたりはいつになくざわついていた。サイが姿を見せると途端に子供たちは興奮して奇声を発し、意味もなく飛び跳ね、あるいは母親に抱きついて泣きだした。職員は網を張って逃げ道をふさぎ、客を安全な場所へ誘導しようとし、サイはあらかじめ〝けが人〟というゼッケンをつけた数人に体当たりした。〝けが人〟たちがはらはらと倒れて重なり合い、その隣で〝急病人〟が心臓麻痺《まひ》を起こして苦しみはじめると、すぐさま救急隊員が登場して応急処置を施した。その間もサイは休憩スペースをさ迷い、ヘルメットと盾で防御した職員が持つ鉄の棒で、網の隙間から叩《たた》かれたり突かれたりした。

その時、いつの間に大人たちの足元をすり抜けたのか、一人の子供がサイに歩み寄っていた。チェックの吊《つ》りズボンに白いソックスをはき、籐《とう》のバスケットを提げた、四つくらいの男の子だった。休日、よそ行きの洋服を着て、バスケットにお弁当を詰め、両親と一緒に動物園へお出かけする幸せな子供、そのものの姿をしていた。男の子ははしゃいでもいなかったし、怖がってもいなかった。

彼はたるんだサイのお尻《しり》を撫《な》でた。擦り切れて色褪《いろあ》せたサイだった。去年の訓練の時シロクマだったのを、間に合わせで作り直したらしく、額に縫いつけられた角は傾き、尻尾は半分取れかけていた。たとえ訓練とはいえ、子供が脱走した動物に近寄るなどあってはならないことだった。職員たちは狂った手順に慌てていた。網のこちら側に群がる人々の間からは、息子の名前を叫ぶ母親らしい女性の声が聞こえた。しかしもちろん男の子には、自分がどんな事態を招いているのか分かっていなかった。彼に分かるのは、ただ目の前にいるサイが困っていて、そのうえ皆からひどい扱いを受けているということだけだった。

男の子は片手でバスケットの持ち手を握り締め、もう片方の手を取れかけた尻尾の上あたりに当てた。慰めるように、痛みを和らげるように、そこに掌で円を描いた。瞳は小さすぎる指はたるみの中に埋もれ、体は脚の間にすっぽりはまり込んでいた。瞳は真《ま》っ直《す》ぐにサイを見上げていた。サイは振り返り、立場上どうしていいのか迷いながら、やはりどうしても我慢できないといった様子で、男の子の頭を優しく撫でた。

その時数人の職員が盾と棒を投げ捨てて子供を抱き上げ、あっという間にどこかへ連れ去ってしまった。背中越しに見え隠れする白いソックスとバスケットはどんどん遠ざかってゆき、やがて人込みに紛れていった。

一瞬のざわめきが静まり、訓練は続行された。麻酔銃を持った獣医が車で登場し、サイに向けて撃つと、矢はその右肩に命中した。ほどなく麻酔が効いてふらついてきたサイは、とうとう我慢しきれずに倒れ込み、最後には網でぐるぐる巻きにされたあとトラックの荷台に載せられた。群衆から笑いと拍手が巻き起こった。

「……ただいまをもちまして、脱走訓練を終了させていただきます。皆様のご協力、誠にありがとうございました。無事、シロサイは保護され、現在、動物病院にて治療中でございます。麻酔から覚め、健康状態に問題がなければ……」

園内放送が流れる中、仕切りの網は片付けられ、緊急車両は走り去り、〝けが人〟と〝急病人〟はゼッケンを外した。群衆は各々、見学に戻っていった。

私はあの男の子を探した。もし彼がお母さんとはぐれたまま、ぽつんと取り残されていたら、すぐにでも駆け寄って、ずり落ちたソックスを引っ張り上げたり髪の毛の乱れを直したりしたいと思った。シロサイのお尻を撫でた掌を、そっと握り締めたいと願った。その同じ掌がチーターを撫でてくれたら、どんなふうだろう。斑点模様の上を滑る五本の指はあどけなく、毛並みの下に隠れた小さな窪《くぼ》みにも指先を這《は》わせることができる。チーターだけが隠し持っている秘密を、掌にすくい上げることができるのだ……。

けれど男の子は見当たらなかった。シロサイが脱走した形跡はもはやどこにもなく、休憩スペースはいつもの殺風景な広場に戻っていた。間違えようもない自分の子供の手を握る母親たちが、ただ通り過ぎてゆくばかりだった。

「ちょっと、早くしてよ」

気がつくと目の前に、コアラクッキーの箱を持った客が立っていた。

「どうも、すみません」

私は謝り、レジを打ち、お釣りを勘定した。

「何てぐずぐずした店員なの」

捨て台詞《ぜりふ》を残して客は出ていった。

「あれは、ティアーズラインって言うんです」

チーターの飼育係はまだ新米の、礼儀正しい青年だった。細身で長い脚に、ブルーの長靴がよく似合っていた。いつも作業着のボタンを律儀《りちぎ》に一番上まで留めていた。

「日光が眩《まぶ》しくないようにするためだと言われています」

「ああ、そうですか」

感心して私はうなずいた。

いつしか私たちは顔見知りになっていた。檻の前で出会うと、二言三言、言葉を交わし合った。チーターのことだけを喋った。チーターの飼育係がこんなにも感じのいい若者でよかった、と私は思った。

「でも、もし泣くことがあったら、涙はあの筋を伝って流れてゆくでしょうね」

私は言った。飼育係は相変わらず寝そべっているチーターに目をやり、それからはにかんだような表情を浮かべて、「はい」と答えた。

例えばシロサイを撫でた男の子が、これくらいの青年に成長するのに、どれほどの月日が必要なのだろうか。本当にあのバスケットを提げた小さな手が、何十キロもの餌の馬肉を切り分けたり放飼場を掃除したり猛獣を移動させたり、そんな仕事ができるようになるまで、育ってゆくものなのだろうか。デッキブラシを持つ、青年のたくましい手を見つめながら、私は考えた。二つの手が同じ、手、というものであるのが信じられない気がした。

「じゃあ、失礼します」

青年はお辞儀をし、猛獣舎の裏手へ歩いていった。

「ああ、どうも……」

もっときちんとした挨拶《あいさつ》をすべきなのに、青年の後姿を見ると上手《うま》く言葉が出てこなかった。

「さようなら」

代わりにチーターに向かってそう言ってから、[Zoo Paradise]へ戻った。

顎《あご》が小さく、首の骨を嚙《か》み砕くほどの力がないため、獲物を仕留めるまで時間がかかること。その間にライオンやハイエナに獲物を横取りされるケースもよくあること。その場合でも無抵抗を貫くこと、などを教えてくれたのは青年だった。よほど私をチーターが好きなおばさんだと思ったようだった。

「自分の担当の動物を好きになってもらえるのは、うれしいですよ」

無邪気に青年は言った。

空腹を抱えて何時間も待ち続け、ようやく巡ってきた一瞬のチャンスを逃さず疾走し、ガゼルを追い詰めるチーターを私は思い浮かべる。四本の脚は目覚しく地面を蹴《け》り、背中はしなり、目はただ一点、獲物だけを捕らえている。ガゼルの脚はあまりにも華奢《きゃしゃ》で、群れの仲間たちは既に散り散りになってしまっている。ガゼルの脚がもつれた瞬間、チーターはその背中に飛び乗り、引き倒し、首元に嚙みつく。土埃が舞い上がる。窒息し、最期《さいご》の時が訪れるまでまたじりじりとした時間が過ぎてゆく。痙攣《けいれん》していたガゼルの脚がいよいよ動かなくなった時、どこからともなく雌ライオンが姿を現す。ライオンはいかにも居丈高な様子で近寄ってくる。チーターは獲物から口を放し、威嚇《いかく》するライオンから距離を保ち、後ずさりする。名残り惜しそうにもせず、惨《みじ》めな素振りも見せず、血で汚れた顔を毅然《きぜん》と持ち上げ、持って生まれた肢体の美しさに相応《ふさわ》しい歩き方を見せる。未練がましく抵抗し、もし脚を怪我《けが》するようなことになったら二度と狩りはできない。辛抱強く何度でもやり直す方が賢いのだと、よく知っている。

草むらではお腹を空《す》かせた子供たちが待っている。彼らは母親の口元についた血を舐める。降り注ぐ光の中、ティアーズラインがいつにも増して黒くくっきりと浮き出して見える。

チーターの次に私が好きなのは、［準備中］の札が下がった檻を見物することだった。猛獣舎に急ぐ途中であろうと、この札を見かけるとつい立ち止まらずにはいられなかった。長く役目を果たしてきたのだろう。木製の札は角が磨《す》り減り、ペンキの文字が所々剝《は》げ落ちていた。

よその動物園へ貸し出されたり、育児のために隔離されたり、工事の必要に迫られたり、さまざまな理由で檻は時折空になった。いてもいなくてもさほど変わりがない小さな生き物、例えばネズミカンガルーやチンチラやヤドクガエルでも、ひとたび姿を消すと、檻はどうしようもなくがらんとした空洞に満たされた。体の大きさにかかわらず、生きているものがそこにいるのといないのとでは大違いだった。ただ生き物が不在であるというだけで、池、岩の小山、擬木、藪《やぶ》、水飲み場、止まり木、滝、金網、何もかもがすべて空《むな》しく手持ち無沙汰《ぶさた》だった。その空洞を飽きずに私は眺めた。

そこはきれいに掃き清められ、羽根の一本、毛の一塊さえ落ちていなかった。足跡は消え、餌箱は空になり、もちろん鳴き声もなかった。それでも昨日までそこに何がいたか、私は正しく思い出すことができた。あるものは木の上で丸くなり、あるものは穴を掘って土に体をこすりつけていた。また別の何かはおがくずの中に埋もれ、目だけをのぞかせていた。

しかし彼らはもういないのだった。私はいくらでも、いないものについて考えることができるのだった。

[Zoo Paradise] の向かいに、授乳室がある。ピンク色で塗られたコンクリートの四

角い建物に、大きな哺乳瓶《ほにゅうびん》のマークが描かれ、遠くからでもそこが何をするための場所なのかよく分かるようになっていた。私は一度も中へ入ったことがない。仕事上の成り行きで、もし授乳室へ足を踏み入れなければならない事態が起きたらどうしようかと、常日頃から恐れている。どうかそうなりませんようにと祈っている。

レジの前に立ち、ふと視線を上げるとまさにそこが授乳室の入口だった。扉も壁と同じピンク色で、おとぎの国に出てきそうな、つい開けてみたくなる可愛《かわい》らしいデザインをしていた。窓にはレースのカーテンが引かれ、時々人影が横切る以外、中の様子は見えなかった。

授乳室とは一体、どんな場所なのか。怖いと思えば思うほど、私はそのピンクの建物に目をやってしまう。授乳というただ一つ、それだけをするための部屋。大多数の人々にとっては無縁で、ほんのわずかに選ばれた存在、母と乳飲み子だけのために仕切られた空間。そこにはたぶん、赤ん坊が好きな飛行機やお人形やケーキやロボットの絵柄の壁紙が張られているのだろう。転んでも痛くないよう、床には柔らかいカーペットが敷き詰められている。まず中央、目に飛び込んでくるのはソファーだ。座り心地がよくてゆったりとし、胸をはだけてもたれかかるのに丁度いい傾きの背もたれがついたソファー。十分に消毒は行き届いているが、所々赤ちゃんが吐いた跡が染みになって残っている。どうしても消し去れないお乳のにおいがあたりを包んでいるのは、そのせいなのだ。片隅にはおしめを替えるためのベビーベッドもあるかもしれない。お腹を満たして、お尻をさっぱりきれいにしてもらう。赤ん坊にとってこの二つは常にセットになっているからだ。他には何が必要だろう。洗面台。お湯の入ったポット。哺乳瓶を洗うスポンジと洗剤。紙タオル。ガラガラ。絵本。これ以上は思い浮かばない。とにかくそこで赤ん坊はおっぱいを飲む。乳首か哺乳瓶の先を口一杯に含み、首の筋を懸命に伸び縮みさせながら、できうる限りの分量を飲み込もうとする。片手は乳房に添えられている。もし母親が離れてゆくようなことがあったら、すぐさま引き止められるよう、乳房の膨らみに掌を当てている。飲み足りないのか眠いのか、泣いている赤ん坊がいる。ある子はベビーベッドで両手両足をぴこぴこさせ、また別の子は母親の肩に顎をのせ、背中を叩いてもらっている。やがて「ケホッ」とげっぷを出す。どこか遠くから動物の吠《ほ》える声が聞こえてくる。

また一組、親子が授乳室へ入っていった。半年過ぎくらいの赤ちゃんを抱っこ紐《ひも》で抱え、大きな布のバッグを肩から提げた、まだ若い母親だった。ほどなくして今度は、ベビーカーに一人を乗せ、もう一人よちよち歩きのお姉ちゃんの手を引いた親子連れが現れた。レジを打っていても、お土産を包んでいても、授乳室の入口に人の気配がするとすぐに分かった。視界の片隅で素早く母親の姿をとらえ、赤ちゃんの数をかぞえた。抱っこしているのか背負っているのか、ベビーカーに乗っているのは本当に赤ちゃんなのか荷物だけなのか。そうして授乳を終え、出てきた母親が入った時と同じ数の子供を連れているかどうか、確かめた。

もしかしたらこの人は、子供を一人、授乳室に置き去りにしたかもしれない。湧《わ》き上がってくるその疑念を抑えきれず、私はいちいち数をかぞえた。

「一人、二人、三人……」

しかし母親はいつでも正しい数の子供を連れていた。彼女たちは決して間違いを犯さなかった。

ラトビアとシカゴが寝室へ移動し、閉園の音楽が流れ、園内の明かりが消えはじめる頃、念のためにもう一度私は授乳室に目をやり、取り残された赤ん坊が泣いていないか耳を澄ませた。ほんのわずかでも泣き声が聞こえたら、それこそ自分が初めて授乳室へ足を踏み入れるべき合図だ、と身構えた。

授乳室は静かだった。ソファーもベビーベッドもポットも空っぽで、ただ赤ちゃんの吐いた跡が一つ増えているだけだった。レースのカーテンの向こうは暗闇に満たされていた。

「チーター」

と、私はささやいた。

「老いた動物を見学するのに、動物園はうってつけです」

と、飼育係の青年は言った。

「野生では、老いると同時に死んでしまいますからね」

「なるほど」

思わず私は納得してうなずいた。自分の半分ほどしか生きていないはずの彼が、どうしてこのように意味深い事柄について語ってくれるのか、不思議な気持がした。ほんの二十年前は、彼だってお母さんのおっぱいを飲んでいたはずだ。なのに今では、お母さんの知らないことでもちゃんと知っている。

「チーターもやっぱりそうでしょうか」

「はい、もちろん」

「脚が駄目になりますか」

「チーターのような自慢の脚でも、短いカバの脚でも、ひとたび折れたら死にます」

「まあ」

「野生の世界では生きていけません」

まるで私たちの会話を聞き、自分は平気だと主張するようにチーターが立ち上がり、こちらに向かって歩いてきた。青年の前で立ち止まり、しかし視線は合わせず、岩場へ引き返して再びユーターンした。その動作を、同じ歩数、同じスピード、同じ角度で繰り返した。

「食事の催促だな」

青年は微笑《ほほえ》んだ。心配はいらない、お前のことを忘れるわけはない、と無言のうちに伝えるような微笑だった。

「じゃあ、また。お引き止めしてすみませんでした」

その同じ笑顔を私に向けながら、青年は飼料調理室の方へ駆け出した。なぜ謝るんです。謝る必要なんてないんです。本当はいつまでもあなたと一緒に、チーターのお話ができたらどんなにいいだろう、と思っているのですから……。

青年が遠ざかると、チーターは歩くのをやめ、岩場の定位置に戻った。

動物園で一番年老いて見えるのはカバだった。プールから上がる動作はいかにも面倒そうで、濡《ぬ》れていても皮膚の張りのなさは隠しようがなく、牙《きば》は変色していた。折れたら死ぬ、と青年が言っていた脚は心もとなく、思い通りに動かすために難儀している、といった様子だった。食事の時もやたらともぐもぐして時間がかかり、口元からは幾筋もよだれが垂れ落ちた。

水面に目鼻を出し、ぽっかり浮かんでいる姿を見ると、もう死んでしまったのか、と錯覚するほどだった。カバがどうやって死んでゆくのか、想像もつかなかった。これほどの巨体だから、一息には死ねないのではないか。こんなふうにプールに浮かびながら、尻尾の先、お尻の縁、たるんだお腹の皮、そのあたりから少しずつ、何日もかけて息絶えてゆくのではあるまいか。その死が耳元付近にまで到着した時、ようやく本人は自分が既に死んでいるのを悟るのだ。

水は濁っていた。死んだ先から溶け出しているかのように輪郭はぼやけ、もはや脚がどこについているかもあやふやで、ぶよぶよとした黒褐色の塊でしかなかった。指先で突けば穴が開き、そこからシューーッと何かが抜け出て、そのまましぼんでしまいそうだった。

結局カバは動物園飼育下での世界長寿記録を打ち立てた。ギネスブック登録のお祝いが催され、銀モールとティッシュの花で飾られたカバ舎の柵の前で、幼稚園児がお祝いの作文を読み上げた。ベレー帽がよく似合う、すべすべした頰と膝小僧が可愛らしい男の子だった。「立派だったわ。最初から最後まで一度も間違えなかった。堂々としていたし、何より心がこもっているのが素晴らしかった。皆が感心してた。涙ぐんでいる人もいたくらい。カバもきっと喜んでいるわ……」と、見物人の間から男の子を見つめ、声にならない声で私が語りかけている間、カバにはおからと干草とリンゴで作ったデコレーションケーキがプレゼントされた。カバは半分も食べられず、残りは蹴散らしてよだれまみれにするばかりだった。ケーキに頭を突っ込むカバの写真が、新聞に小さく紹介された。

このお祝いの十日後、カバは死んだ。プールに浮かんで息絶えているところを飼育員に発見された。私が思い描くのとそう変わらない死に方だった。

hの誕生日だった。hがいくつになったか、数えようと思えばいくらでもやり方はあった。別れた時の年に別れてからの年数を足し算する、今年の年号から生まれた年号を引き算する、今の自分の年からhを産んだ時の年を引き算する。しかし自分がそうした計算をはじめそうになると、すぐさま目をつぶり髪の毛をかきむしり頭の中から数字を追い出した。私はもう惚《ぼ》けてしまって足し算も引き算もできないんだと、自分に言い聞かせた。

仕事のあと、いつものとおりアイスクリーム屋へ立ち寄った。誕生日だけはラージサイズにすると決めていた。その日の順番は、バニラだった。

「脱走訓練で、もしチーターが選ばれたら、あなたがチーターの役をなさるの？」

私は尋ねた。

「さあ、どうでしょうか」

自信がなさそうに青年は答えた。

「その動物の動きを一番よく理解しているのは、飼育係さんですものね」

青年はうつむき、長靴の先で地面を蹴った。目元が陰になって、一瞬ティアーズラインが現れ出たかのようだった。

「チーターと決まれば、あの着ぐるみを染め直さなくちゃいけませんね」

「でも来年は、もうボールニシキヘビと決まっているんです」

「ヘビですか」

「はい。だから着ぐるみは必要ありません。ヘビの模型を使います」

「ああ、そうですか」

そのあとしばらく私たちは黙っていた。ボールニシキヘビがどれくらいの長さで、どんな模様をしていたか思い出そうとしたが、上手《うま》くいかなかった。

「来月から、僕、担当が替わることになりました」

青年が言った。

「今度はアメリカバクです」

えっ、と聞き返すこともできず私は言葉に詰まった。

「チーターとはお別れです」

アメリカバク、と私は胸の中でつぶやいてみたが、その姿はボールニシキヘビよりももっと頼りなげだった。死にそうなカバと同じくらいにぼんやりしていた。

「それじゃあ、今度からはアメリカバクの前でお会いしましょう」

青年は元気よく去っていった。青い長靴が見えなくなるまで私はその背中を見送った。見送りながら何度もアメリカバク、アメリカバクと繰り返した。どこにhが隠れているか、一生懸命に探した。


珍しく雪がちらつくほど冷え込んだ冬の明け方、腸の感染症に罹《かか》って病院棟に入院中だったチーターが死んだ。凍りついたスロープを上って私は猛獣舎を目指した。空っぽになった檻に、［準備中］の札が下げられていた。北風にさらされてそれはカタカタと震えていた。hはもうどこにもいなかった。

断《だん》食《じき》蝸牛《かたつむり》

風車へ続く木製の梯子《はしご》を登るには、覚悟が必要でした。それはとても急で、踏み板の間隔がばらばらのうえに角が磨《す》り減って滑りやすく、少し油断するとたちまち足を踏み外しそうになるからです。せっかくそばまでたどり着いても、下から見上げるだけで恐れをなして退散する人もあれば、途中で体がすくみ、立ち往生する人も少なくありませんでした。

風車と同じくらい古い梯子です。数えきれない人々の手垢《てあか》と靴底の泥を吸い込んで黒光りし、あちこち虫に食われた跡が残り、ほんのわずか体重を移動させただけでみしみしとあえぐような音を立てます。一段一段地上から遠ざかってゆくにつれ、次こそ自分は失敗してしまうだろうという予感がこみ上げてきます。足を滑らせ、両手で宙をつかむ間もなく私は放り出されています。髪の毛は逆立ち、スカートは翻《ひるがえ》り、下着も何もかも露《あらわ》にしたまま転落するのです。ああ、もうこれ以上は我慢ができない、と口に出してしまいそうになった瞬間、頭上から手がのびてきます。風車守の手です。彼は無愛想ですから、いたわりの言葉も気の利《き》いた冗談もありません。けれど間違いなくそれは、危険な空中から私を救い出すための手なのです。

「恐れ入ります」

私は男を見上げ、途切れ途切れの息でお礼を述べます。視線を合わせようとしない男のうつむいた顔は、薄暗がりに紛れてぼんやりしています。しかし一旦《いったん》その手を握れば、ありありとした感触が鼓動とともに押し寄せてきます。一体男はどんな魔法を使うのでしょう。次の瞬間、あれほど危うげだった体は、苦もなく風車の中へ引き上げられています。

風車守の手はいつも湿っています。そのせいで、手ではないどこか、体のもっと奥の方にあるじっとりとしたところに触れている気持になるのです。息がこんなにも苦しいのは梯子のせいではなく、男に会うからだったのだと、その時になってようやく私は気づくのでした。

風車は町の北の縁、運河沿いに連なる丘の頂上にありました。あたりは一面緑の下草に覆《おお》われ、ポプラの並木が続き、水鳥たちがあちらこちらの水辺で群れになって鳴いていました。自転車が遊歩道を走り抜け、恋人たちはベンチに腰掛けて体を寄せ合い、運河では遊覧船や砂利運搬船が流れを遡《さかのぼ》ってゆきました。

昔、小麦の製粉に使われていた風車はとうに役目を終え、今では観光客向けに開放されて内部が見学できるようになっています。もっとも、名所旧跡があるわけでもないありふれた町ですし、急すぎる梯子の問題もあって見学者はそう多くはありません。一番季節のいい初夏の日曜日でも、一日に十五、六人といったところでしょうか。寒さの厳しい十一月から三月一杯はお休みです。

男の先祖は代々、風車守でした。風に合わせて帆を張り、歯車を調整し、小麦を粉にしてきました。男は今、風車に住んでいます。見学者に手を差し伸べて梯子から引っ張り上げ、見学料を徴収し、パンフレットを渡すのが仕事です。

てっぺんに水色の屋根を載せた四角柱の風車は、遠くから眺めると、一つだけぽつんと取り残された見張り塔のようでした。何を見張るべきなのか皆が忘れてしまったあともなおそこに建ち続け、ひたすら遠いどこかを見つめている塔です。ただ唯一《ゆいいつ》、背中に負った×形の羽だけが、間違いなくそれが風車であるのを証明していました。もう二度と回転することもないというのに、羽は堂々と気持よく空に突き出していました。

丘を登り、梯子のたもとから上を見やる時、風車がいかに巨大であるか思い知らされます。足場はどっしりと地面に根ざし、羽は圧倒的な長さであたりを支配し、男のいる場所ははるか頭上の彼方《かなた》です。目を凝らしても男の姿を確かめることはできません。

これが本当に風を受けて回転しているところなどとても想像できない、と私は思います。小さな小麦の粒を潰《つぶ》すのに、どうしてこんなにも大きな装置が必要なのでしょう。やはり風車は小麦などよりもずっと大事な秘密の役目を、羽のように背負っているのではないか。そしてその秘密を知っているのはただ一人、風車守だけなのだ。そんなふうに考えてみたりします。

しかしとにかく風車が建っているのですから、そこは強い風が吹いています。運河の先、遠く海から運ばれてきた潮のにおいのする風が水面を滑り、ポプラの枝を揺りながら丘の斜面にぶつかって、上へ上へと駆け登ってきます。それでも錆《さ》びついた金具で歯車を固定された羽はぴくりとも動きません。行き場を失った風は空《むな》しく渦を巻き、私の髪とスカートの裾《すそ》をただ乱すばかりです。

男は風車の中で蝸牛《かたつむり》を飼っています。まだ人影も見当たらない雨模様の早朝、ベンチの背もたれや水鳥の餌箱《えさばこ》の裏を探して捕まえてきた、そう珍しくもない種類の蝸牛たちです。蝸牛は雌雄同体なので、二匹いればたやすく産卵していくらでも数が増えてゆきます。そんな彼らを幅百二十センチ、奥行き四十センチほどもある熱帯魚用の水槽に入れ、ソファー兼ベッドのすぐそばに置いて暮らしているのです。

風車の内部は三層に分かれていて、梯子の降り口は真ん中の部屋につながっています。そこには風車の仕組みを説明するパネルや、実際に小麦を挽《ひ》いていた当時の写真が展示されている他に、麻袋、木槌《きづち》、双眼鏡、古い地図など、展示物なのか昔の残骸《ざんがい》なのかはっきりしないものたちが置かれていました。その奥の片隅、小さな木の机と擦り切れたソファー兼ベッドのあるわずかなスペースが、彼の住まいです。中は薄暗く、雑然としているので、そんなところに風車守が、しかも蝸牛と一緒に暮らしていると気づく見学者はほとんどいませんでした。男の持ち物で最も存在感のある水槽でさえ、展示物の陰に隠れ、蝸牛たちは誰に迷惑をかけるでもなく大人しく、湿った土の上を這《は》い回っていました。

上下の層とは螺旋《らせん》階段でつながっています。梯子ほどの危険はないものの、ようやく人一人通れるかどうかの狭い階段です。上の層は機械室で、大小いくつもの歯車が複雑にかみ合い、そこからのびる支柱が下層の部屋に届いて石臼《いしうす》を回します。石臼には小麦の皮がまだいくらかこびりついたままになっています。

外から見上げる印象に比べて中は不思議とこぢんまりしています。あの圧倒されるような、目まいがするような大きさはどこへ消えたのだろうと、思わずあたりを見回してしまいそうになります。見学者が一度に四人も入ればもう窮屈な感じさえするほどで、彼らは皆、歯車か石臼か柱か、どこかに体をぶつけないよう身をすくめてそろそろと歩きます。風車守と私の前を黙って通り過ぎてゆきます。

「何てお行儀がよろしいのでしょう」

私は男と並んでソファー兼ベッドに腰掛け、水槽の中を覗《のぞ》き込んで言いました。縦に細長くスライスされた胡瓜《きゅうり》が中央に一列連なり、その両脇《わき》にお互い邪魔にならない最小限の間隔を保った蝸牛たちが、びっしり並んで食事をしている最中でした。たとえどんなに厳格な修道院の食堂でも、これほどまで見事に統制の取れた食事風景を目にすることはできないはずです。どれくらいの長さの胡瓜を何枚並べれば、はみ出す者もなく、間の抜けた隙間《すきま》ができることもなく丁度いい具合に納まるか、男には計算できるのでしょうか。たぶんそうに違いありません。自分の蝸牛について男は、何でも知っているのです。

「ほれぼれしてしまいますわ」

彼らを驚かさないよう、私は水槽の縁にそっと指先を載せました。男からの返事はありません。

一体全部で何匹いるのか、定規の目盛のように規則正しく並んでいるのですから、その気になれば数えるのは難しくないでしょうが、いざ一匹、二匹と指差しはじめると、なぜか途中で本当の数を知るのが怖い気持になるのでした。

「こんなふうに静かにお食事できたら、さぞかし心は安らかでございましょうね」

私は人差し指を引っ込め、背中を丸めていっそう水槽の近くに顔を寄せました。その拍子に膝《ひざ》に掛けていた毛布が滑り落ちました。男はそれを拾い上げ、もう一度私の足元を覆い直しました。

蝸牛たちは皆ひたむきでした。触角の下方あたりにあるらしい口の部分を胡瓜の縁にあてがい、殻からはみ出した腹を土に張り付け、ただじっと食べることにだけ専念しています。互いの間隔はもちろん、頭部の長さから渦巻き模様の向きまで、何もかもが揃《そろ》っています。気紛れを起こして移動をはじめたり、隣にちょっかいを出して規律を破るものは一匹もありません。さすがに触角だけは胡瓜との距離を測るために小刻みに伸び縮みしていますが、その動きも抑制が効いて、決して水槽の中をざわざわと乱してはいませんでした。

殻の色合いは一様に地味でした。何ともいえないくすんだ枯葉色で、模様もぼんやりとしていました。けれど殻はとても清潔です。湿気の多い水槽の中にあってもべとせず、半透明の薄さと軟体部を守る強固さの両方を併せ持ち、上品な艶《つや》がありました。そして何より目が離せないのは、目に見えない誰かがくるりと丸めたとしか思えない、愛らしい渦巻きです。水槽の前に腰掛けていると、つい彼らをつまみ上げ、その渦巻きを指でなぞってみたいという気持に駆られます。単純だけれど果てしもない根気を必要とされる、誰かの手仕事を称《たた》えたくなるのです。

けれど風車守はきっと、私の垢で彼らの殻が汚れるのを嫌うでしょう。放っておけば光にかざして中身を盗み見しようとしたり、それだけでは収まらずに殻から胴体を引き抜いてしまうに違いないと、知っているはずです。ですから私はじっと我慢します。

一人、また一人、見学者が梯子を降りてゆき、風車には男と私、二人だけになりました。見学者たちは「さようなら」の言葉もなく、風車守を振り返りもせず、ただ梯子を降りることだけに心を奪われていました。いざ帰る段になって、登るより降りる方がずっと難しい梯子だと気づくからです。降りてゆく人にはもう、男が手を差し伸べても意味がありません。

手すりを握り、身を固くして一段一段踏みしめてゆく彼らの足音が、私たちのところにも届いてきました。踏み板が軋《きし》み、梯子を固定する床の金具が、時折鳴りました。夕方が近づいてきていっそう風が強くなりました。ポプラの枝が乱れ、運河の水面が波立っています。羽を回せない風車は風の渦の中、ただ立ち尽くすばかりです。屋根の梁《はり》か土台の継ぎ目か、どこかが始終ギイギイと音を立てています。心なしか揺れているようでもありますが、もしかするとソファー兼ベッドの不安定なスプリングのせいかもしれません。その間もずっと蝸牛たちは、胡瓜を食べ続けています。

「そろそろ、おいとましなければなりません」

私は言いました。

「施療院《せりょういん》に戻るバスの時間が、近づいてまいりました」

私はブラウスの袖口《そでぐち》をめくり、腕時計に視線を落としました。

「万が一このバスに乗り遅れますと、門限に間に合わなくなります。町のタクシー運転手はどなたも、施療院の患者を乗せたがらないのでございます」

分かりきったことではありましたが、念のために理由を説明し、膝掛け代わりの毛布を畳んで男に返しました。

「お名残り惜しくはございますが……」

そう言って立ち上がり、最後にもう一度水槽に目をやった時、胡瓜がすべて姿を消しているのに気づきました。ついさっきまで水槽の中央に一列に並んでいたはずのスライスは跡形もなく、わずかな皮の切れ端さえ見当たりません。蝸牛たちは隊列を解散し、あるものは落ち葉の下に、またあるものは木片の隙間にと、各々《おのおの》好きな方向へ這いだしていました。

「あら、いつの間に……」

思わず私は口走っていました。胡瓜は蝸牛が食べたのです。それはよく分かっていました。しかし整然とした沈黙によるあの営みの中に、何枚もの胡瓜を消滅させるだけのエネルギーが秘められていたとは、にわかには信じられない気持がしたのです。

男は霧吹きを手に取り、「シュッ、シュッ、シュッ」というリズミカルな音をさせながら、水槽の中に水を吹き掛けました。みるみる土の色が変わり、殻は水滴を弾いていっそう艶やかになりました。水が掛かると蝸牛たちは一瞬触角を引っ込めますが、すぐにまた平然とそれを伸ばして先端にある目玉を宙に掲げます。胡瓜のせいでしょうか、殻の内側が心持ち薄水色に透けて見えました。

「では、ごきげんよう」

お別れの挨拶《あいさつ》の代わりに風車守は、再び「シュッ、シュッ、シュッ」と霧を吹きました。

断食《だんじき》施療院は町の北西部に広がる森林公園の中にありました。公園はピクニックやサイクリングや乗馬を楽しむ人々でにぎわっていましたが、運河からの水を引く貯水池を挟んだ奥、ブナの木立に半ば隠れた施療院が建つあたりだけは寂れていました。建物が戦争時代の元薬品庫だった、というのと関わりがあるのでしょうか。そこにはまだ怪しい薬が保管されているとでもいうように、用のない人は滅多に近寄ってきませんでした。

元薬品庫だけあってコンクリート造りの建物は頑丈で素っ気なく、飾りは一切、ベランダもテラスも看板さえも見当たらず、一歩中へ入ると寒々としていました。一階には事務所、談話室、体操室、浴場、図書室などがあり、吹き抜けを取り囲む二階に病室が並んでいました。断食施療院とは断食療法で体質を変え、病を治すための施設です。私はもう五か月ほどもそこに入院しています。今ではすっかり古株です。

実にさまざまな患者がいます。青年、老母、麗人、小男、乳飲み子、未亡人、混血、聖職者。糖尿、関節炎、おでき、ヒステリー、胆石、斜視、アデノイド。

断食以外、あとは休養と日光浴を勧められるくらいで、他に特別な治療があるわけではありません。ただひたすらに断食です。患者たちは日中、公園を散歩したり、貯水池で釣りをしたり、手芸に励んだり、自由な時間を過ごします。施療院に入って気づいたのですが、ものを食べない、ということに徹すれば、生活はいともあっさり単純な形に納まります。煩《わずら》わしくややこしいものが排除され、身辺が整理され、見晴らしがよくなったような、体の隅々にまで酸素が行き届くような気分になります。三回の食事が省かれただけで、時間の流れがゆったりとしてくるのです。私は自分が何かを食べていた記憶を、半ば忘れかけています。もし蝸牛と同じく、食事を神聖な静けさで支配できるのであれば再び食卓についてもいい気持もしますが、とても彼らのように振る舞える自信はありません。

施療院で守らなければならない最も大事な規則は門限でした。夕方六時、門が施錠されます。どこへ出掛けていても必ず、それまでに戻ってこなくてはなりません。薬品庫時代から引き継がれているらしい鍵《かぎ》は重々しく、太い鎖で何重にも鉄扉に巻きつけられ、一度掛かってしまえばとても外せそうにはありませんでした。錆びついてざらりとした鉄の感触が、門限破りがどれほど重大な罪かを象徴していました。門限を守らず締め出されてしまったら、取り返しのつかない恐ろしいことになるのです。施療院にはかつて門限を破った者にまつわる数々の伝説が残され、患者たちは談話室の片隅や誰かの病室に集まっては、その伝説についてあれこれ噂《うわさ》話をしていました。けれど恐ろしいことの本当の姿が何なのか、知っている人は誰もいないのでした。

施療院に来て最初の頃は、やはり退屈しました。町の中心に出ても面白い場所はなく、患者たちとの交流にはさほどの興味はわかず、公園を無闇《むやみ》に散策するより他ありませんでした。ですから四月になって風車を見つけた時は心弾みました。週に三日はバスに乗り、風車守に会いに出掛けます。すぐに私は展示パネルの説明文を理解し、風車の歴史から役割、構造、文化財的価値に至るまで暗唱できるようになりました。やがて男とは顔見知りになり、ソファー兼ベッドに座らせてもらえるようになり、ついには蝸牛を眺める特権まで与えられました。しかし何も自分だけが特別な見学者だとうぬぼれるつもりはありません。当然私は大勢いる名もない見学者の一人です。ただし、男は私から見学料を徴収はしませんけれども。

風車から帰り、門の鍵が閉まる音が「ガチャリ」と響いて夜になったあと、たいてい私は図書室で過ごしました。図書室と言っても施療院のそこは、昔劇薬の瓶を収蔵していた小部屋の棚に本を並べただけの、簡素なものでした。部屋の扉には「落丁図書室」というプレートがぶら下がっていました。名前の通り、落丁本だけの図書室です。

談話室や体操室ほど人気がなく、いつも患者があまりいなかったおかげで、私は好きなだけそこを独り占めすることができました。天井が高く、窓はなく、書棚には劇薬の名前を記したシールが、はがれかけたままに残っていました。息を深く吸い込むと、何ともいえないにおいが肺の奥に忍び込み、床のそこかしこに広がる染《し》みから、いまだに薬が揮発しているのでは、という気さえするのでした。

評伝、歴史書、恋愛小説、神話、手引書、詩集……。その日の気分で目に留まった一冊を私は手に取ります。全部の本を読んでもまだ余るほど、時間はたっぷりありますから、選り好みする必要はありません。それに落丁本を読む喜びは、内容よりもむしろ、抜け落ちてそこにないページにこそあるのです。呼吸を整え、一ページ一ページ丁寧に目を通してゆきます。本来、役に立たないはずの欠陥品だからでしょう。どの本も乱暴に扱われた跡が残り、薄汚れ、うらぶれています。本の中では私の知らないさまざまな世界が繰り広げられています。息子は継母との近親相姦《そうかん》に苦悩しつつ狂死し、法律家は遺書の作成方法を指南します。乙女は失恋し、青年は胸を病み、臣下は王を裏切ります。私は彼らのそばに寄り添い、目を凝らしたりうなずいたりため息をついたりします。

その時、不意打ちが訪れます。前触れはありません。風車の梯子から足を滑らせるように、私は落丁の空白に墜落しているのです。髪は乱れ、スカートはめくれ上がっています。

念のためにページをめくり直し、思い違いではないか、慎重に文章をなぞって確かめます。しかし何度読み返しても同じです。そこにはどうやっても誤魔化しのきかない、どんなにもがいても取り返しのつかない深い亀裂《きれつ》が横たわっています。その奥底に、私は一人横たわっています。

私以外他には誰もいません。そこには風景もなく、懐《なつ》かしい記憶もなく、風さえ吹いていません。たとえ助けを呼んだとしても、きっと声はどこにも届かないでしょう。

窓はなくても図書室の外では刻々と夜が更《ふ》けてゆくのが分かります。蛍光灯は頼りなく私の手元を照らすばかりで、書棚の間には薄暗がりが広がり、もはや背表紙も薬品ラベルの文字も闇に沈んでいます。私は耳を澄ませます。蝸牛が這うほどの気配でもいいから、何か聞こえてこないかと、亀裂に耳を押し当て、息を殺します。長い時間じっとしていたあと、私は自分を落丁の空白に置き去りにしたまま、本を閉じます。

「いい加減にして頂戴《ちょうだい》」

下働きの女に向かって私は言いました。

「この部屋にあるものは、便箋《びんせん》一枚、ヘアピン一本、ぞんざいに扱うのは許しません」

女は施療院の雑用を全般に担《にな》っていましたが、毎朝十時に私の病室を掃除する係になっていました。

「はい、すみません」

大して反省する様子も見せず、陰気臭く目を伏せたまま女は答えました。洗濯のしすぎでごわついた作業服に、汚れたエプロンをしていました。がさつで要領の悪い女です。雑巾《ぞうきん》掛けでもシーツの取り替えでも、手を出せば出すほど綺麗《きれい》になるどころか余計薄汚れてくるような気がする女でした。

「落丁図書室の本を、勝手に並べ替えたのは誰？　あなた以外にいないわね」

うなずいたのか首を横に振ったのか、女は胸の前でモップの柄を握り、ただ「うーん」とうめき声を漏らすばかりでした。脂《あぶら》っぽい前髪が垂れて、横顔を半分隠していました。

「掃除の仕方が乱暴だから、そんなことになるんです。どの本がどの順番で並んでいるか、私の頭にはすっかり入っているの。全部お見通しなの」

「はい……」

相変わらず女は口ごもるばかりでした。入院しているわけでもないのに、断食中の患者以上にやせ細り、作業着はだぶついていました。廊下からは、そろそろ活動をはじめるらしい患者たちのざわめきが聞こえていました。外は夜半の雨が止《や》み、ブナの梢《こずえ》からは夏を思わせる光が差し込んでいました。きっと地面は、蝸牛たちが喜ぶ丁度いい具合に湿っていることでしょう。

「洗面台の排水口を磨いておいて頂戴。痰《たん》が詰まっているから」

私は風車までのバス賃をハンドバッグの内ポケットに入れ、すれ違いざま、女にそう言い残して病室を出ました。女がちゃんと返事をしたかどうかは、上手《うま》く聞き取れませんでした。

今日、蝸牛の卵が孵化《ふか》しました。土の中に百を超えようかというほどの乳白色の卵が産み付けられているのに気づいたのは、一か月も前のことでした。それから卵だけを親たちとは別の水槽に入れ替え、その時が来るのをずっと待ち続けていました。

「素晴らしいタイミングではございませんか。まるで私の到着に合わせてくれたようですわね」

私は興奮を抑えられませんでしたが、風車守は普段と変わらず落ち着いた様子で水槽を見守っていました。騒がしくして孵化の邪魔になってはいけないと、私も慌《あわ》てて口をつぐみました。

誰がどこから合図を送るのか、最初の一個がもそもそしはじめると、たちまちその動きがすべての卵に伝染してゆき、もう止めようがありません。次々と卵の中から赤ちゃんが、ころん、と姿を現します。水滴一粒ほどの大きさしかありませんが、ちゃんと蝸牛の形をしています。殻もあれば渦巻き模様もあり、軟体部はほどよく湿り気を帯びています。二対の触角も一人前に出し入れできます。

「まあ何て可愛《かわい》らしいのでしょう」

我慢できずに私は口走っていました。殻はいかにも初々《ういうい》しく透き通り、指先でつまむとたやすく壊れてしまいそうで怖いのですが、一切濁りのないその清らかさのおかげで、どこか強靭《きょうじん》さを隠し持っているように見えました。

彼らはすぐに動きはじめます。あらかじめ定められた方向と目的があるのだから邪魔しないでほしい、と言わんばかりの確信を持って、腹をうねらせます。しかしさすがにたどたどしさは隠しきれません。わずかな土の塊に立ち往生したり、窪《くぼ》みでバランスを崩したりします。そうこうしている間にもひっきりなしに卵は孵《かえ》り続け、やがて土の表面を覆い尽くすほどになります。いくつもいくつも渦巻き模様が、私と風車守の目の前でうごめいています。

すべての卵が孵ったのを見届けてから、男はあらかじめ用意しておいたらしいキャベツの葉を水槽に置きました。最初、何が起こったか分からない様子で、たちまち彼らは混乱に陥りました。

「ほら、皆、慌てておりますよ」

自然と私の口元には笑みが浮かびます。男はソファー兼ベッドに深く座り直し、両手を膝の上で組みました。もう夏になったので、毛布は必要ありません。ついさっき私を引っ張り上げてくれた手は、やはり軟体部と同じように湿っていました。掌《てのひら》の膨らみを押さえると、思いがけず指先が埋もれてゆくような柔らかさもありました。

隣の水槽では、自分の産んだ卵がどうなっているか気づきもしないまま、親たちがのんびりと過ごしていました。粘液の筋を残しながら水槽の壁を這い登っているのもいれば、木片の裏側にじっと張りついているのもいます。梯子じゃない場所で男の手を握っても、許してもらえるだろうか。私は胸の中でつぶやきました。水槽から視線を外し、開口部の向こうに目をやりました。そこには運河が流れ、牧草地が広がり、更にずっと遠くには空が横たわっていました。今初めて自分が、思いも寄らず高いところに取り残されていると悟ったかのように、目がくらくらしました。

男の手を握る代わりに私は、水槽の壁を這う蝸牛に手をのばし、触角の先に触れました。微《かす》かな湿り気を感じる間もなく、一瞬のうちに触角は殻の中へ引っ込んでしまいました。

生まれながらに備わった規律の合図が発せられたのでしょう。いつの間にか最初の混乱は収まり、赤ちゃんたちはキャベツの葉に集まって、自分に与えられたスペースを律儀《りちぎ》に守りつつ、食事をはじめていました。わずかでも触角の名残が染みていないかと、私は男に気づかれないよう、指先を自分の唇に当ててみました。

「今日は特別な日ですもの。バスの時間を気にせず、日が暮れたあともずっとここにいられたら、どんなによろしいでしょうか」

男の返事はありませんでした。

みるみる大きくなった赤ちゃんたちが、親と見分けがつかないくらいになった頃でした。その日、珍しく先客がありました。ソファー兼ベッドにいたのは、断食施療院の下働きの女です。施療院では見せたことのない朗らかな表情を浮かべ、無闇にスプリングを軋ませたり、水槽を叩《たた》いて蝸牛をびっくりさせたりしながら、風車守にしきりに話し掛けていました。作業着もエプロンも脱ぎ、赤と紫と緑が混じったような派手な花模様のブラウスに着替えています。仕方なく私は、端の方に腰を下ろしました。

ソファー兼ベッドの枕元《まくらもと》は、かつてない数の蝸牛に占拠されていました。霧吹きを一つ置くだけのスペースが、ようやく残されているかどうかといった具合でした。それでも女は遠慮もせず、ゆったりと腰を落ち着けていました。

「そうそう、おやつを持ってきたの」

女は布のカバンから、ごそごそと紙袋を取り出しました。

「施療院の台所でこしらえたから、満足のいく出来じゃないんだけど。何せあそこは、断食施療院だもの」

そう言って女はちらりと私を見やりましたが、すぐにまた男の方に向き直りました。こんなふうにはっきりした声で喋《しゃべ》ることのできる女だったのかと、その時私は初めて知りました。

「まだ温かいのよ。作りたてなの」

確かに湯気のこもった紙袋は湿ってぐったりしていました。

「さあ、どうぞ。召し上がれ」

それは蝸牛の形をしたパンでした。渦巻き模様も触角も正確に形作られ、触角の先の目玉はチョコレートチップでできていました。男は素直に蝸牛パンを受け取りました。

施療院の台所に、パンを焼くオーブンなどあっただろうか。私は考えました。けれど施療院のどこに台所があるのかさえ思い浮かびませんでした。

二人は並んで蝸牛パンを食べます。掌くらいもある大きな蝸牛です。殻の表面には丁度いい加減に焦《こ》げ目がつき、軟体部は見るからに柔らかく、逆に触角と目玉はパリッと焼き上がっています。申し合わせたように二人はまず、軟体部を殻からもぎ取ります。かねてから私が、蝸牛を見るたびしてみたいと願っていた行為を、彼らはいともあっさり、ためらいもなくやってのけます。割れ目からほのかに湯気が立ち上り、同時に小麦の甘い匂《にお》いが漂います。風車に相応《ふさわ》しい匂いです。思わず私は「あっ」と叫び声を上げそうになりますが、二人はお構いなしです。殻にかぶりつき、軟体部を引きちぎり、次から次へと口に押し込めては水もないままに飲み下してゆきます。ものを食べるというのがどういう感触だったか、私はもうすっかり忘れてしまっています。蝸牛パンを嚙《か》み砕く音が、風の音と一緒になって風車の中を満たしています。ただ二人を眺める以外、私には何の手出しもできません。

今や二人の手に残っているのは、触角と目玉だけです。最後まで取っておきたい気持にさせる、愛らしさがある部分なのです。

「ねえ、どう？　美味《おい》しいでしょう」

口をもぐもぐさせながら何度も女は風車守に尋ねます。

「蝸牛ですもの。美味しいに決まっているわよね」

二人は触角を半分に折り、根元の方を先に食べ、それからとっておきの先端の目玉部分を、惜しむようにゆっくり口へ運びます。風車守は胡瓜やキャベツに群がる蝸牛と同じく、あくまでも静かです。女は指先についたチョコレートを舐《な》め、わざとらしく耳障《みみざわ》りな音を立てて紙袋を潰します。あとにはソファー兼ベッドに散らばるパンくずが、残されるばかりです。私たちの足元で蝸牛たちは、ずっとうごめき続けています。

夕方、断食施療院の病室に戻ってすぐ私は、洗面台の排水口を調べました。そこは光るほどに見事に磨き上げられていました。

夏が終わり、秋が深まりはじめた九月の終わり、幾日も雨の日が続きました。雨が降ると梯子はいっそう滑りやすくなり、見学者は減りますが、蝸牛たちはうれしそうです。風と一緒に開口部から吹き込んでくる湿気のおかげで、水槽の中は常に適切な状態に保たれていました。

その後も何度か女は蝸牛パンを焼いて現れました。徐々に腕を上げ、それはいよいよ蝸牛とそっくりになってゆき、殻と軟体部の接着具合や、二対の触角のバランスや、腹の縁の微かなうねりまでが正確に再現されるようになりました。

「枕カバーの汚れが取れていなかったわ。どこまでぼんやりしてるの」

「はあ……」

病室での働きぶりは相も変わらずでした。パンを焼いた名残なのでしょうか。エプロンには時折、小麦粉がこびりついていました。

夜をやり過ごす唯一の方法は落丁図書室でした。私はページをめくり続け、何度も何度も落丁の空白に墜落してゆきました。

ある日、小雨の中、風車へ向かうため森林公園の道を急いでいる時、貯水池のほとりで一匹の蝸牛を見つけました。一目でそれは、きっと風車守でさえ育てたことがないだろう特別な蝸牛だと分かりました。触角が普通の何倍も太く、そのうえ鮮やかな虹《にじ》色の縞《しま》模様をしていたのです。雨露に濡《ぬ》れた草陰で、その縞がうねうねと回転し、万華鏡《まんげきょう》のように発色しています。

思わず私は立ち止まり、しゃがみ込みました。その異様な色合いと動きに目を留めてしまったからには、とても素通りなどできなかったのです。触角以外、変わったところは別段見当たらず、殻の形からして風車の水槽にいる彼らと同じ仲間のようでした。

「一体あなた、どうなさったの？」

私は彼をつまみ上げました。驚いた彼は逃れようとしていっそう激しく縞模様を回転させ、はち切れそうに太々とした触角を左右に振りました。近くで見ると縞の色の鮮やかさがなお際立《きわだ》って伝わってきました。神々《こうごう》しいと言ってもいいくらいでした。そこにはレモンイエローもあれば緑もあればすみれ色もありました。回転に合わせて若草色やコバルトブルーや茜《あかね》色も出現しました。雨に濡れるのも構わず、私は彼を掌に載せ、しばらく見とれていました。

私はそれをハンカチで包み、殻が割れないよう用心しながらスカートのポケットに仕舞いました。ポケットに蝸牛を、しかも特別な蝸牛を隠して梯子を登るのは、いつにも増して骨が折れることでした。一段ごとにポケットのふくらみに手をやり、彼が逃げ出していないか、潰れていないか確かめる必要がありました。

「恐れ入ります」

私は普段よりきつく、風車守の手を握りました。

「雨がよく降りますこと」

私はできるだけ肩をすぼめ、あの女のように水槽を蹴《け》ったりしないよう、両足をソファー兼ベッドの下に押し込めました。

「もうすぐ冬でございますものね」

風車守の前で私は、当たり前のことしか話せませんでした。

「蝸牛たちが無事、冬を乗り越えられるとよろしゅうございますが」

その時、雨にもかかわらず見学者が三人やって来ました。風車守は彼らを梯子から引っ張り上げ、見学料を徴収するため立ち上がりました。その隙に私はポケットから例のものを取り出し、水槽の真ん中に紛れ込ませました。移動の途中でもし普通の蝸牛に戻っていたらがっかりだと心配していたのですが、大丈夫です。触角は虹色の縞模様のままでした。

男は私からのプレゼントにきっと気づくでしょう。目を見張って感嘆するはずです。蝸牛パンよりずっと洒落《しゃれ》ています。特別なのです。

バスの時刻までにはまだ少し余裕がありましたが、私は見学者と入れ代わりに梯子を降りました。

偏西風に流されて低気圧が去り、久しぶりに晴天が訪れました。空には一片の雲もなく、運河はきらめく光の帯となり、梯子はくっきりとした直線を宙に描いていました。水鳥たちの鳴き声もいつになく軽やかです。こんな日に風車守と二人、風車から外を眺めたらさぞかし気持がいいだろうと思える朝でした。風車守はプレゼントを喜んでくれたでしょうか。そのことばかりを思いながら、私は丘の頂上を目指しました。最初に異変に気づいたのは、私を引っ張り上げるための風車守の手が、のびてこなかった時です。かつて一度もないことでした。男に何かあったのでは、と咄嗟《とっさ》に思いました。風車守のいない風車などとても考えられません。私は焦《あせ》って最後の数段をよじ登りました。

しかし男はそこにいました。歯車と石臼をつなぐ支柱にもたれ掛かっています。傍らには、下働きの女がいます。ついさっきまで病室を掃除していたはずなのに、いつの間に抜け出してきたのでしょうか。作業着とエプロンも着替え、お気に入りの花模様のブラウス姿です。二人とも途方に暮れたような様子で、ただ立ちすくんでいます。一歩、男に近づこうとして私は思わず足を止めました。床に蝸牛を見つけたからです。けれど蝸牛は私の足元だけでなく、螺旋階段にも展示パネルの表面にも梁にもソファー兼ベッドにも、とにかくあたり一面を這っていました。水槽を見ると、更に脱出しようとする彼らが、仲間たちを踏み台にして我先にとガラスをよじ登っている最中でした。

「あっ」

私は短い叫び声を上げましたが、もはや二人の目に私の姿など映ってはいませんでした。蝸牛たちの触角はどれもはち切れんばかりに膨張し、虹色の縞模様を身もだえするようにうねらせていました。私がプレゼントしたのと同じ触角です。あれもこれも全部そうです。

森林公園で見つけ、掌に載せた時に感じたあの可愛らしさは一体どこへ行ってしまったのでしょうか。彼らはもうちっとも可愛くなどありません。螺旋を描きつつ収縮し、のたうつ触角はいかにも妖《あや》しく、なおかつ苦しげです。それは極限まで太くなり、このまま放っておくといつかプチンと弾《はじ》けてしまうかもしれません。そうなればたぶん、毒々しい虹色があたり一面に飛び散ることでしょう。

蝸牛たちは自分の触角を持て余しています。この触角の前では、軟体部も殻さえも、無いも同然です。居心地のよかった水槽を逃げ出し、写真の額縁に這い登り歯車の合わせ目に入り込んで右往左往している姿から、彼らがどれほど混乱しているか伝わってきます。本当は水槽の中でひっそりとしていたいのに、触角がむずむずして居ても立ってもいられず、それを引っ込めることも振り落とすこともできないまま、ただうろたえるばかりなのです。

ふと気づくと、一匹が私の靴を這っています。

「やめて頂戴」

私は思い切りそれを弾き飛ばしました。蝸牛は壁にぶつかり、転げ落ちて殻が欠けましたが、構わず再び触角を振りかざして這いだしました。

「寄生虫にやられたんだわ」

女が言いました。

「触角に侵入する寄生虫よ」

しっかりした口調でした。

「異物にやられて気持悪くなった蝸牛は、触角をイモムシみたいに動かしてしまうの。脳を占領されて光を求めてしまうの。それでイモムシに間違われて、鳥に食べられるのよ」

私に向かって一息にそう言うと、女は床にかがみ込み、手当たり次第に蝸牛をつまみ上げて水槽に戻しはじめました。掃除の時には見せたことのない機敏な動きです。一歩後ずさりした私の靴底で、何匹か蝸牛が潰れました。触角の中身が飛び散ったかと思うと、怖くて下が向けませんでした。

どんなに女が頑張っても意味がないのは明らかです。蝸牛は既に手に負えない数で風車を占拠しています。女が言うとおり、開口部から差し込む光の方へ光の方へと向かっているようです。先頭の幾匹かは梯子を伝って下へ降りはじめました。その時、カモメが空を横切ったかと思うと、あっという間もなく蝸牛をくわえて飛び去ってゆきました。バサバサという翼の音が耳に残るばかりで、一瞬、何が起こったのか分かりませんでした。それから何羽も何羽もカモメが飛んできました。女の言うことは全部本当でした。

風車は虹色の触角で埋めつくされています。その真ん中に風車守は立っています。男の目に女の後姿が映っています。女のブラウスがその奥でうごめき、瞳《ひとみ》を虹色に染めています。

「あっ、いけませんわ。寄生虫が……」

風車守を指差して私は声を上げますが、男は瞬《まばた》きもしません。女はやはり四つん這いになって蝸牛を拾い集めています。

竜の子幼稚園

昨日一日中降っていた雨はいつの間に止《や》んだのだろう。旅に出て四日めの朝彼女が目覚めると、窓辺に集まってくる小鳥たちのさえずりが聞こえていた。鎧戸《よろいど》の隙間《すきま》から差し込む朝日の中で、戯《たわむ》れる彼らの影が揺らめいて見えた。

眠る前、ヒーターのパイプに干しておいたシャツもズボンも靴下も、全部きれいに乾いていた。ベッドから降りてそれらを身につけ、枕元《まくらもと》の身代わりガラスを首からぶら下げ、鏡の前で紐《ひも》がゆるんでいないか、ガラスに傷がついていないか確かめた。旅の間、とにかくどんな時でも肌身離さずそれを携帯しておくことが、彼女にとって一番大事な務めだった。

朝ご飯を食べるため、彼女は中庭に面した宿の食堂へ降りていった。時間が早すぎるのか他の宿泊客の姿は一人もなかった。食堂にはコーヒーの香りが満ち、中央の丸テーブルに、ナプキンに包まれたまだ温かいパンと、つやつやのオレンジと、幾種類ものチーズが、たった今整えられたばかりといった様子で並んでいた。彼女は迷いながら美味《おい》しそうなものを三、四品選んで皿に載せ、ポットのコーヒーをカップに注ぎ入れ、日当たりのいい片隅の席に着いた。そうして首から身代わりガラスを外し、皿の前に置いて朝ご飯と一緒に写真を撮った。洗いたての白いテーブルクロスに中庭からの光が映え、なかなかいい写真が撮れた。

余計な手を加えていない素朴な雰囲気の中庭は、オリーブとユーカリの木が生い茂り、地面もベンチも花壇も緑に覆《おお》われていた。茂みの奥には、長い間涸れたままになっているらしい噴水があった。落ち葉の降り積もったその真ん中で水がめを抱える天使の像は、全身黒ずみ、羽の縁が欠け落ち、身を潜めるように目を伏せていた。中庭を取り囲む客室の窓はどれもひっそりとし、相変わらず食堂へ降りてくる人の気配はなかった。梢《こずえ》の間から空を見上げると、深い緑の洞に取り残されたかのようだった。ただ小鳥たちだけが自由に緑の底と空の高みを行き来していた。彼らが羽ばたくたび、雨の名残の雫《しずく》が一緒に飛び散った。

再び身代わりガラスを首に掛け、彼女はゆっくり味わって朝ご飯を食べた。一応決まった行程表はあるものの、列車の時刻や博物館の閉館時間を気にして急ぐ必要はどこにもなかった。彼女は蜂蜜《はちみつ》やジャムの小瓶が入った籠《かご》から適当に一個取り出して、蓋《ふた》を開けようとした。その時、ラベルに印刷された賞味期限の日付が目に入って思わず手を止めた。そこには来年の3月3日の日付が刻まれていた。遠い昔に五歳で死んだ弟の誕生日だった。それは彼女にとって、旅の幸運を証明してくれる良き印に他ならなかった。死んだ弟にもちゃんと、未来というものが約束されているような気持になれるからだった。彼女はその苺《いちご》ジャムの小瓶をそっとポケットに仕舞った。

「何て素敵なペンダントでしょう」

コーヒーのポットを持った宿の女主人が不意に声を掛けてきた。ジャムのことを見とがめられたのではと、彼女は一瞬どきりとしたが、女主人の顔には笑みが浮かび、視線は胸元に注がれていた。

「ああ、これですか……」

彼女は身代わりガラスに手をやった。

「とってもよくお似合い」

「どうも、ありがとうございます」

「お代わりはいかが?」

「はい、お願いします」

静かなテーブルに、コーヒーを注ぐ気持のいい音がひととき漂った。

旅の途中、身代わりガラスに目を留めた見ず知らずの人から話し掛けられるのには慣れていた。バスで隣り合わせた女子学生、美術館の切符売り場のおばさん、土産物屋の店主、通りすがりの誰か……。大勢の人々が思わず感想を述べないではいられないという口振りで、何かしら言葉を発してきた。斬新《ざんしん》なデザインに感心する人もあれば、割れるのを心配してくれる人もあった。時に、自分も欲しいのだけれどどこで手に入るだろうかと尋ねる人もいたが、そういう場合は「残念ながらお店では売っていないんですよ」と答えるしかなかった。

彼女はオレンジの最後の一房を食べ、コーヒーを飲み干し、ナプキンを折り畳んで席を立った。台所に姿を消した女主人に向かって「ごちそうさまでした」と声を掛けたが、返事はなかった。

身代わりガラスは直径五センチほどの、ずんぐりしたひょうたん形の透明なガラスで、コルクの栓で蓋ができ、口の部分に取り付けられたワイヤーの止め具に細い革紐を通して、ペンダントのように首からぶら下げられる作りになっていた。ガラスは化学の実験に使うビーカーやフラスコと同じ、丈夫な材質で出来ていた。

何らかの理由で旅ができない人のため、身代わりとなる品をその中に入れ、依頼主に成り代わって指定のルートを巡るのが彼女の仕事だった。旅の目的も、それが果たせない理由も実にさまざまなものがあった。お墓参り、登山、蛍狩り、避暑・避寒、湯治。多忙、病気、老い、その他複雑な事情……。仕事をはじめて最初の依頼は、余命わずかな老人が亡《な》き妻と訪れた六十四年前の新婚旅行先をたどる旅で、身代わりガラスの中には当時の二人の写真を入れた。統計的にこのパターンが最もポピュラーと言えた。人生において新婚旅行がこれほど大事な意味を持つとは、その経験を持たない彼女にとって新鮮な発見だった。

次に多いのは病に侵された体のある部分に効くとされる神聖な場所に赴き、本人に見立てた人形の頭に煙をなびかせたり、足を水で濡《ぬ》らしたり、お腹《なか》に護符を貼《は》りつけたりするケースだった。器用な彼女は、粘土でもフェルトでも希望の素材で身代わりガラスに丁度納まる大きさの、しかも依頼主にそっくりの人形を手作りすることができたので、重宝がられた。目なら目、鼻なら鼻、特徴のある一か所だけを目立たせ、あとはごく単純なラインにし、どんな重病人でも健康的で笑顔の人形にするのがコツだった。それでも残念ながら亡くなる依頼主は少なくなかったが、たいていの家族は愛する人が天国で健康に暮らしている証《あかし》として、いつまでも人形を大事にした。

ある時は乗り物酔いがひどすぎてあらゆる移動手段に耐えられない小学生の少女の

ため、三半規管の模型を身代わりガラスに入れて遊園地へ行き、ジェットコースターとメリーゴーランドとゴーカートに乗った。またある時は、有力政治家の依頼により、彼の手袋とともに初恋の人が眠る墓地を訪れ、その手袋をはめて手を合わせた。

身代わりガラスの中に何を入れるかは依頼主の自由だった。ガラスの中に納まるものであれば何でも構わなかった。結婚指輪、ハンカチ、入れ歯、櫛《くし》、補聴器、万年筆のペン先、口紅、手帳。依頼主たちは皆、身代わりとなるのに最も相応《ふさわ》しい品を差し出した。上手《うま》く思い浮かばない場合は、彼女が人形をこしらえた。不思議なことにどんな品でも、旅をしている間に人間と同じようにくたびれたり日に焼けたり垢《あか》がたまったりした。本当に必要な場合以外、無闇《むやみ》に中身をガラスから取り出したりはせず、しかも手に触れる時は細心の注意を払ったが、それでも移動した時間と距離に見合うだけの痕跡《こんせき》が、身代わりには残された。写真は縁が反り、入れ歯は黄ばみが濃くなり、人形は体温があるかのように湿り気を帯びた。

彼女は準備を整え、リュックを背負い、忘れ物がないかどうかよく確かめてから宿を出発した。

「よい旅を」

フロントのカウンターから女主人が手を振った。最後まで胸元にぶら下がる身代わりガラスを見つめていた。

今回はさほどややこしいリクエストがあるわけではなく、どちらかと言えば気楽な部類の旅だった。しかしもちろんプロとして、どんな依頼に対しても心を尽した。最も気を遣うのは当然ながら身代わりガラスとその中身の扱いで、無くしたり壊したりするのは論外だった。実験器具用の強化ガラスとはいえ、わざわざ壊れやすい容器を使うのは、旅人にいっそうの慎重さを求めるためだと言われていた。旅人に支給される身代わりガラスはたったの一個で、予備はなかった。いくら中身が無事でも、ガラスが割れてしまったら、その時点で解雇される決まりになっていた。

彼女のキャリアはほんの数年に過ぎず、いまだ下っ端《ぱ》の扱いだった。以前は整形外科病院で調理補助の仕事をしていたのだが、定年を迎える直前、たまたま顔見知りになった入院患者から、身代わり旅人の口を紹介された。調理補助とはあまりにかけ離れた仕事だけに最初は尻込《しりご》みしたものの、一人で旅をするという魅力に、どうしようもなく心惹《ひ》かれた。ゴム長靴を履き、むっとする熱気の中、何百個の玉ねぎの皮をむいたり大鍋《おおなべ》のシチューをスコップでかき回したりしてきた彼女の人生は、旅とは無縁だった。若い頃一度結婚したがほどなく離婚し、家族はなく、ずっと貧しかった。自分の住む町以外、どこの土地の様子も知らなかった。立ち仕事を続けてきたおかげで体力には自信がある。何日家を留守にしても文句を言う者は誰もいない。ならば定年後の人生でちょっとした冒険をしてみたって、許されるのではないか。と、彼女はそう考えた。

本人は気づいていなかったが、彼女は調理補助としてよりも、身代わり旅人としてより適した資質を備えていた。指定されたとおりのルートを正確に巡り、約束した枚数の写真を撮ったりお土産やお守りを買い揃《そろ》えたりする、というだけに留まらず、本当はそこに居るべきなのに居られない人の気配を、ごく自然に感じ取ることができるのだった。身代わりと言いながら、彼女は自分が決してその人に成り代わって旅をしているのではない、ただその人の付き添いをしているだけだ、と自覚していた。旅の間、彼女はしばしば無意識に、身代わりガラスに向かって話し掛けていた。

「まあ、ご覧になって下さい。見事な眺めじゃありませんか」

「そろそろお昼にいたしましょう。何を召し上がりたいですか」

「宿までもうあと一息ですよ」

そんな様子を見て不可解な表情を浮かべる人もあったが、彼女は気にしなかった。姿の見えない人と言葉を交わすのに、彼女は慣れていた。いつも、死んだ弟に語り掛けていたからだろうか。

旅の途中、一日に何度も彼女は身代わりガラスを磨いた。指紋、水滴、埃、脂《あぶら》。油断するとすぐガラスは曇った。それをベルトに挟んだ専用の布で丹念に拭《ぬぐ》い、常に透明な状態を保てるよう努めた。ガラスが割れて解雇されるのを心配するからではなく、旅人によりよく景色を見てもらうためだった。

宿を出て二十分も歩けば村の中心を抜け、あたりは広々と開けた畑地になった。延々麦畑が続くかと思うと、いつの間にか果樹園になり、また麦の穂に戻り、ふと視線を上げると一面ポピーが植わっていた。地面を覆《おお》う薄紫やピンクや白が、頼りなげな茎のせいでわずかな風でも揺らめき、色が混じり合ってぼかし模様のようになっていた。その模様が空に溶け出し、更にぼやけて遠くの雲をほんのりと染めていた。彼女はポピー畑をバックに、身代わりガラスを左手首にぶら下げ、右手でシャッターを押した。ガラスに映る花弁もまた揺れていた。

太陽が昇るにつれて日差しが強くなり、少しずつ汗ばんできた。それでもまだ雑草は濡れて柔らかく、所々窪《くぼ》みには水が溜《た》まり、光が反射してキラキラまぶしいくらいだった。ゆるやかにカーブしながら道はずっと先まで続いていた。畑の西側を横切る高速道路を車が走り去ってゆく以外、どこにも人の気配はなく、その車の音も遠すぎて聞こえてはこなかった。そろそろ次の村が見えてきてもよさそうな頃合いだったが、目を凝らしても霞《かすみ》に包まれた空が広がるばかりで、目印になる建物はまだ遠そうだった。彼女は立ち止まり、水筒の水を一口飲んだ。

「もしかすると、お昼までに次の村へ到着できないかもしれません」

彼女は言った。

「でも心配はいりませんよ。こういう場合に備えて、ちゃんとビスケットを用意してありますからね」

彼女はリュックをポンと叩《たた》いてから再び歩きだした。

やがて道は畑地を離れ、林の中へと向かっていった。日差しが遮られた途端、空気がひんやりとして汗が引いてゆくのが分かった。左手には木立を縫って小川が流れ、右手側には黒光りする堆積岩《たいせきがん》の崖《がけ》がそびえていた。小川の水は澄み、川底の苔《こけ》と岸辺に茂る羊歯《しだ》の色が映えて深緑の流れになっていた。時折、その緑を裂くようにして小さな魚の背鰭《せびれ》が翻《ひるがえ》った。崖はゴツゴツとし、てっぺんがどうなっているのか見通せないほど高く、岩肌に手をやると、そこに埋まった木の根や粘土や虫の死骸《しがい》の欠片《かけら》がざらざらと掌《てのひら》にくっついてきた。

「もうあと一息ですよ」

彼女の声は身代わりガラスを包み、それから林の奥へと吸い込まれていった。木漏れ日が幾筋もの帯になり、木々の間に斜めに差し込んでいた。帯のところだけ、小鳥の綿毛か植物の種か胞子か、小さな点々が光の粒子のように舞っているのが見えた。

しばらく歩くと崖にできた洞窟《どうくつ》が近づいてきた。古代人が暮らした洞窟の遺跡だった。入口の脇《わき》に管理人用の粗末な小屋はあるものの、食事にでも出掛けたのか人の姿は見当たらず、仕方なく窓口に入場料を置いて黙って中へ入った。

「暗いですからね。気をつけましょう」

小さなランプが一つ灯《とも》るだけの内部は、思ったよりもこぢんまりとしていた。地元の村役場が細々と管理している洞窟は、歴史的な壁画が発見されたわけでも、人骨が発掘されたわけでもなく、言ってみればただの古い穴で、他に見学者は一人もいなかった。それでも火を熾《おこ》した跡は黒々と残っていたし、壁には何かの印らしいものが刻まれ、間違いなく誰かがそこに暮らしていたことを示していた。

彼女は湿った空気を吸い込み、小さな咳払《せきばら》いをしたあと、壁の印を一つ一つ目でたどっていった。それらはどれも岩肌に深く刻み付けられ、途方もない年月が過ぎたあとでも平然とそこにあった。楔《くさび》、三日月、染色体、瞳《ひとみ》、雪の結晶、円グラフ……。そうした形が寄り添い合い、組み合わさって、一つのまとまりを成していた。

例えば洞窟の所有者を特定する証明書の類《たぐい》なのか。家族の誕生を祝した記念の文言か、それともただの落書きか。あるいは愛を告白する詩だったら、どんなにロマンチックだろう。思いがけず彼女は壁の前に長い時間たたずんでいた。印をじっと見つめていると、岩の削れる音が聞こえてきそうだった。それが身代わりガラスの中から響いてくる錯覚を感じ、思わず胸元に手をやった。身代わりガラスは相変わらず、心地いい重みとともにそこにぶら下がっていた。

「さあ、写真を撮りましょうね」

ガラスをかざし、シャッターを押した瞬間、表面に岩肌の印が透けて映った。ああ、そうだ。身代わりガラスに映せばどんな印だって意味が分かるかもしれない、と彼女は思ったが、気づいた時にはフラッシュは消え、洞窟の中を照らすのはランプの頼りない明かりだけになっていた。

洞窟を出て、小川のほとりにあるベンチで一休みすることにした。誰がこんなところにベンチを置いたのか、背もたれには蔓《つる》が絡《から》まり、脚にはオレンジ色の茸《きのこ》がびっしり生えていたが、座り心地は悪くなかった。水筒の水を飲もうとして、中身が思いのほか減っているのに気づいた。大事に一口ずつ味わって飲んだ。

水筒をリュックに仕舞う時、朝、宿の食堂でもらってきた苺ジャムの小瓶が目に入った。彼女はそれを手に取り、もう一度、3月3日の日付に視線を落とした。

竜の子幼稚園に通うとても賢い弟は、五歳にして早くも大方の字と、1から10までの数字を覚えていた。特に彼が興味を示したのは、自分の誕生日にまつわる数字、3だった。最初のきっかけは、幼稚園でもらったおやつのウエハースの賞味期限が、偶然3月3日なのを見つけたことだった。彼は自分の発見に興奮し、そのウエハースに特別な親しみを抱き、食べないまま宝物としてずっと大事に取っておいた。たとえウエハース一枚とはいえ、おやつを食べないでいるためには大変な忍耐力がいったが、弟にとっては自分だけの日付を保存しておく満足感の方が大きかった。

以来、母親と一緒にマーケットへ行く時も、台所でお手伝いをする時も、もちろんおやつを食べる時も、賞味期限が記された食品が目の前にあると必ず、弟はそれをチェックするようになった。もし運よく3月3日に出会うと、母親に頼んでそれを自分の宝物の一つに加えた。五歳の子供にとって魅力的でない食品、例えば唐辛子や食紅や干し椎茸《しいたけ》であっても例外ではなかった。ただそこに、3月3日という日付が刻まれていることだけが大切なのだった。

しかし案外、目当ての日付を発見するのは難しく、何か月にも渡って収穫がないことも珍しくなかった。缶詰の底をひっくり返したり、小麦粉の袋を抱えたりしながら、がっかりした表情を浮かべる弟の姿を、彼女はよく覚えている。

そんな弟を可哀相《かわいそう》に思ったのか、ある時、父親がどこからか苦心して3月3日の、しかも高級な外国製板チョコレートを手に入れてきたことがあった。父親は何気ないふうを装《よそお》い、お土産だと言って二枚のチョコレートを弟と彼女に手渡した。弟はすぐに気づいて大喜びし、包装紙を撫《な》で回し、見慣れないアルファベットの意味を父親に尋ね、目を閉じて匂《にお》いを胸一杯に吸い込んだあと、専用の宝箱に仕舞った。その様子を見て彼女は、自分の分を彼に譲らないわけにはいかなくなった。「ありがとう、お姉ちゃん」と、弟は心の底からうれしそうに言った。元潜水艦のプラモデルが入っていた箱の中央、一番目立つ場所に二枚の板チョコレートは納められた。

例えば日が傾きかけた秋の夕方、弟は廊下の突き当たりのぼんやりした暗がりに座り込み、宝箱を開けて中を覗《のぞ》いている。一個一個宝物を取り出しては、隅から隅まで眺め回し、何かの拍子に違う日付が混じっていては大変という慎重さで、3月3日の刻印を確かめている。来年の誕生日、再来年の誕生日、そのまた次の誕生日。そうしてすべてを点検し終わると、元通りの位置に仕舞い直し、「じゃあね」と小声で合図をしてから蓋を被《かぶ》せる。床にぺたんとくっついたお尻と、白い足の裏が、暗がりの向こうに思いがけずはっきりと浮かび上がって見えている。

宝箱のコレクションを弟はどうするつもりだったのだろう。誕生日が来るたび、食べるつもりで楽しみにしていたのだろうか。結局、それは誰にも分からなかった。六歳の誕生日、外国製の板チョコレートを食べられる日が来る前に、死んでしまったからだ。

竜の子幼稚園の黄色いカバンを肩から提げて滑り台を滑っていた弟は、手すりに引っ掛かったカバンの紐で首を絞められて窒息した。彼女は現場を目撃したわけではなかったが、たまに母親の代わりに幼稚園へ迎えに行った時、得意げに何度も滑り台を滑って見せてくれたので、彼が最期《さいご》を迎えた場所についてはよく知っていた。梯子《はしご》のてっぺんから地面へと続くなだらかな曲線や、所々水色のペンキが剝《は》がれてざらざらした手すりの感じや、それを握る弟の小さな手を、ありありとよみがえらせることができた。弟の死を思い出す時いつも彼女の胸には、カバンに縫い付けられていた幼稚園のシンボルマーク、竜の落とし子のアップリケが浮かんできた。竜の落とし子は滑り台の途中に取り残され、何が起こったのかわけも分からないまま、ただ呆然《ぼうぜん》と宙に浮かんでいた。

彼女は苺ジャムの小瓶を木漏れ日にかざした。新鮮で素朴なジャムだった。どこかに紛れてなくさないよう、旅の行程表と一緒にリュックの外ポケットに入れ直した。洞窟の入口は変わらずひっそりとし、管理人が戻って来る様子はなく、林は絶え間ない小鳥のさえずりに満ちあふれていた。木漏れ日を揺らしているのは風ではなく、彼らのさえずりではないかと思うほどだった。

天国で誕生日が迎えられるよう、元潜水艦の宝箱は棺《ひつぎ》に納められた。弟が死んで何年経《た》っても彼女は、3月3日の賞味期限を見つけるたび、それを大事に取っておかないではいられなかった。何も考えずに食べたり戸棚の奥に押し込めたり人にあげたりはできなかった。3月3日が来ると、その日で期限が切れる何がしかを食べ、包装紙や容器を自分だけの宝箱に仕舞った。そうすることでほんのわずか、弟の誕生日を祝ってやれる気持になれた。

彼女の宝箱は、調理室で使う業務用ゴム手袋が入っていた箱だった。それが一番丈夫で、大きさも適切だった。プリンのカップ、マッシュルームの水煮缶、粉ゼラチンの袋、チーズの包装紙、サイダーの王冠、カレールウの外箱……。そうしたものたちが少しずつ、元業務用ゴム手袋の箱の中で増えていった。

調理補助として病院に採用されて数年後、彼女は青果物の卸しをしている出入り業者の男と結婚した。働き者で善良で、放っておけばいつまでも機嫌よく、ラジオを分解して遊んでいる男だった。ある時夫は偶然、彼女の宝箱を見つけ、どうしてこんなところにゴミを溜《た》め込んでいるのか尋ねた。大事ないきさつがあって、捨ててしまわれたらとても困るのだと、夫に説明すべきなのは彼女にも分かっていた。しかしいざ3月3日の意味や弟の死に方や竜の落とし子について語ろうとすると、上手く言葉が出てこなかった。あれこれ迷っているうち胸が苦しくなり、まるで不機嫌になったかのようにうつむいてしまったのだった。

結局夫は何かしらの事情を察し、それ以上深くはこだわらず、そんな箱など最初からなかった振りをしてやり過ごした。弟と自分、二人だけの秘密に、余計な人が入り込んでくるのが嫌だったのだろうか。たとえそれが夫であっても。その疑問を彼女は夫に悟られないよう、そっと押し隠した。

たぶん子供がいれば別れずにすんだのではないかと、そのことについて彼女は幾度となく考えた。夫は子供を欲しがった。当然の望みだった。なのに彼女はどうしてもその当然の望みを抱くことができなかった。何人子供を持ったとしても、彼らは皆六歳の誕生日を迎えられない。五つより大きくはなれない。きっとそうに違いない。子供の姿を想像しようとすると必ず、彼女は声にならない声でそう叫んでいた。既にかけがえのない子供を一人失って、もう二度と赤ん坊を産めない体になってしまったかのような気持に陥った。

結婚生活は四年あまりで終わりを迎えた。夫は分解しかけたラジオと工具だけを持って、黙って家を出て行った。

そろそろ次の場所へ向かう時刻だった。彼女はベルトに挟んだ専用の布を掌で丸めて柔らかくし、大して汚れてはいなかったが、身代わりガラスを丹念に磨いた。

「では、参りましょうか」

足元のヌルヌルした茸を踏み潰《つぶ》さないよう気をつけながら、彼女はベンチから立ち上がった。

林を抜けると少しずつ道は上り坂となり、地面の色は白っぽく変化し、いよいよ日差しは明るさを増してきた。もうあたりには畑も果樹園もポピーもなく、ただなだらかにうねる丘陵が広がるばかりだった。道端に自生している細長い木々の陰を見つけるたび、彼女は立ち止まって水筒の水を飲んだ。とうとう水筒は空になってしまった。

坂の頂点まで上りきった時、ふっと水の気配を感じて足元を見やると、そこには湖が広がっていた。百年前の治水工事でできた人工湖で、底には村が一つ沈んでいるという話だった。その証拠に、少し北側へ寄ったあたりの水面から、煉瓦《れんが》積みの鐘楼の先端だけが二メートルほど突き出していた。水鳥の姿もさざ波もなく、水面に浮かぶのはただ鐘楼と、水に映るその影ばかりだった。最早《もはや》それを撞《つ》く人はいないというのに、てっぺんにはいまだ鉛色の重々しい鐘が吊《つ》り下げられていた。鐘を揺らすための荒縄や、アーチ型のくり貫き窓に施された彫刻や、鐘楼守り用の小部屋の扉さえ見えた。

彼女はぎりぎりの縁に立って下を覗き込んだ。水はあまりにも濃い群青《ぐんじょう》色で、濁っているわけではないのに中を見通すことはできなかった。目を凝らしているうち、鐘楼の影はだんだんと輪郭をくっきりさせ、やがて実物と区別がつかないくらいになっていった。静か過ぎるこの水面の下に商店や学校や広場やアパートが沈み、鐘楼が水底にまでつながっているとはとても信じられなかった。天からのびてきた手が、鐘楼の先だけをぽつんとそこに浮かべたかのようだった。

どんな音色がするのだろう、と彼女は思った。ボートを漕《こ》いで近寄ってゆけば、案外簡単によじ登って鐘が撞けるのではないだろうか。こんなにたっぷりとした水の中にあってもなお、錆びて朽ちた気配はないのだから、きっと堂々と響き渡るに違いない。けれどそれは自分の耳にではなく、湖の底、光の届かない群青色の奥に眠る人々にだけ届くのだ。

いつしか小鳥のさえずりは聞こえなくなっていた。次の村まであとどれくらいあるのか、手掛かりになるようなものは風景の中に見当たらなかった。リュックの中で空の水筒が、心もとなくごそごそしていた。彼女はシャツの袖《そで》で汗を拭い、鐘楼と一緒に身代わりガラスの写真を撮って、湖を後にした。

丘陵を越えた先は牧草地帯になっていた。いつの間にか、としか言いようのない静けさで、風景は移り変わっていった。牧草は青々とした滑らかなビロードのようにあたりを覆い、日向《ひなた》と日陰の境界が真《ま》っ直《す》ぐ空に向かって引かれていた。歩きながら視線を上げるたび、その境界線が少しずつ角度を変えてゆくのが分かった。目を細めると、遠くに牛の姿が見えた。七、八頭、一塊に集まるのでもなくバラバラに散らばるのでもない微妙な間隔を保ちつつ、あるものは牧草に頭を埋め、あるものは脚を折り曲げて座り込んでいた。牛たちに気づいたのをきっかけとするように、あちらに羊、そちらに馬、後方に山羊《やぎ》、と次々動物たちの姿が目に入ってきた。羊は毛に包まれて丸々と太り、馬は汗ばんだ肌を光らせ、山羊は角が痒《かゆ》いのか、頭をしきりと地面にこすりつけていた。まだ乳離れしていない子供もちらほら混じっていた。お互い暗黙のうちに分け合った自分たちの居場所を大人しく守り、騒いだり駆け回ったりする様子はなかった。鳴き声や牧草を食《は》む音や蹄《ひづめ》が地面を踏みしめる気配は遠すぎて伝わってこなかったが、それでも目に見える場所に彼らの姿があることが、彼女を落ち着かせた。彼らがきっと、次の村へ続く目印なのだと思えた。

「いいお天気ですね」

その口調がとても自然だったので、彼女は突然話し掛けられたことにさほど驚きもせず、声の主がどこから現れたのか不思議がりもしないで、「はい」と答えていた。

「雨が止んで本当によかった」

「昨日はびしょ濡れになりました」

「僕もです」

彼女はすぐに隣に立つ彼が、怪しい人ではないと分かった。彼も首に、身代わりガラスをぶら下げていたからだ。旅の途中、身代わり旅人と出会うのは初めてだったが、首にそれをぶら下げているのであれば、間違いようもなかった。二人は互いの胸元に視線を送り、わざわざ言葉には出さないまま、小さくうなずき合ってすべてを了解した。

彼の身代わりガラスには水が満たされ、海草が揺らめく奥に何かが隠れていた。

「生き物ですか」

彼女は言った。

「はい」

彼は答えた。彼女にも以前、生き物を扱った経験があった。あれは確か、十四歳で病死した娘さんが飼っていた形見の金魚と、修学旅行のルートを巡った旅だった。

「生き物は特に気を遣いますね」

「死なせるわけにはいきませんから」

「餌《えさ》やりとか、水の入れ替えとか、大変でしょう」

「いいえ。それほどでもありません。とても、いい子たちなんです」

彼は余計な刺激を与えないよう用心しながら、身代わりガラスを両手でそっと包んだ。指の隙間から、いかにも気持よさそうにゆらゆらする海草が覗いていた。こんな人に身代わりを託せたら、どんなにか安心だろうと思わせる手つきだった。

「次の村までは遠いのでしょうか」

その手つきについ気持がほぐれ、彼女はずっと気になっていたことを口に出した。

「いいえ。それほど遠くはありません」

よく知った道なのか、彼は確信を込めて首を横に振った。

「水筒の水がなくなってしまって、ちょっと心配なのです。さっき洞窟のそばの小川で、水を汲《く》んでおけばよかったのですけれど」

「案ずるには及びませんよ」

彼の態度は変わらず平穏なままだった。

「この道を少し行くと修道院があります。そこで水を分けてもらいましょう」

「ああ、よかった」

思わず彼女は安堵《あんど》の声を漏らした。

「もうあと一息ですよ」

それは彼女がこれまで幾度となく身代わりガラスに掛けてきたのと同じ言葉だった。もうあと一息ですよ。彼の口調は、そこにいないはずの人をいたわる寛容さにあふれていた。彼女はまるで自分自身が身代わりガラスになったかのような気分に浸った。

二人は並んで一緒に歩きだした。

彼の言ったことは本当だった。牛たちのほんのわずか向こうに、高い塀と糸杉に囲まれた修道院らしい建物が現れ出てきた。所々塀は崩れ、杉は枝が枯れ落ちたり蔓植物が巻きついたりしていた。門からではなく、その崩れた塀の隙間からずんずん中へと足を踏み入れてゆく彼の後ろに、彼女は黙ってつき従った。あたりには何の物音もしなかった。ただ耳元に届くのは、身代わりガラスの中で揺れる水の気配だけだった。

すべての窓とカーテンが閉じられた簡素な建物の裏側に、知らなければ見過ごしてしまうほどに小さな半円形の開口部があり、中に回転棚が設置されていた。開口部の脇《わき》には黒ずんだロープが一本、垂れ下がっていた。

「さあ」

彼に促され、彼女がロープを引っ張った途端、思いも寄らない大きな鐘の音が「ガラン、ガラン、ガラン」と響き渡った。その勢いに押されて彼女はロープを放し、一歩後ずさりした。群青色をした湖の鐘楼が鳴ったのかと、勘違いしたのだった。

「心配はいりません。水筒をここへ置いて下さい」

心配はいりません。これもまた身代わり旅人として忘れてはならない言葉だった。そう、どんな時であっても、心配はいらないのだ。

彼の言うとおり、彼女は空の水筒を回転棚に載せた。すると、人の気配などどこにもないのに、まるで誰かが二人を見守っていたかのようにタイミングよく棚がスルスルと回転し、水筒が姿を消し、しばらくの静寂のあと再び目の前に戻ってきた。表面を伝う澄んだ水滴から、冷たい水がたっぷりと入っているのが分かった。

「これでもう安心」

ほっとして彼女は吐息を漏らした。

「はい」

隣で彼は微笑《ほほえ》んでいた。

修道院を出ると足取りは軽くなった。最早牛たちも後方に去り、空と木々の境目はぼやけ、彼女に見えるのは自分が踏みしめている地面だけだった。洞窟から、湖から、どれくらい遠くまでやって来たのか見当もつかなかった。宿で苺ジャムを見つけたのが、もうずいぶん遠い日の朝だったような気がして、リュックの外ポケットを押さえてみたが、そこはちゃんと小瓶の大きさだけ膨らんでいた。

彼女のすぐそばに彼がいた。二人の胸には、傷つくことも曇ることもなく、身代わりガラスが横たわっていた。

「あら」

ようやく身代わりが海草の間から姿を現したのを見て、彼女はガラスを指差した。

「竜の落とし子ですね」

「ええ、そうです」

「二匹いますよ」

「はい」

控えめな黄土色をした竜の落とし子だった。胴体は小さな部品をつなぎ合わせたようで、精密な趣きがあり、頭より長く伸びた口の先までそれが行き届いていた。円《つぶ》らな目は一杯に見開かれ、何が詰まっているのかお腹はぷっくりと膨らみ、背鰭は小刻みに波打っていた。尻尾《しっぽ》の先を上手い具合に丸めて海草に絡め、二匹同じ方を向いて仲良く並んでいた。

その時彼女は気づいた。口先から頭の丸み、お腹の膨らみから尻尾のカーブ。その輪郭が3の形になっているのだった。

「3月3日です」

「はい」

ずっと前から承知していました、という口振りで彼はうなずいた。彼女は膝《ひざ》を折り、竜の落とし子がもっとよく見えるよう、身代わりガラスに顔を寄せた。竜の落とし子はもう、滑り台の途中に取り残されて呆然となどしていなかった。何の心配もなく、安心して身代わりガラスに身を委《ゆだ》ねていた。まるで姉と弟のように、二匹仲良く並んでいた。

「ああ、よかった。旅の途中で3月3日に出会えるなんて」

彼女は自分の身代わりガラスを手に取り、太陽の光にかざした。そこには、プリンのカップが、マッシュルームの水煮缶が、粉ゼラチンの袋が映っていた。元業務用ゴム手袋と、元潜水艦の箱があった。その向こうに映っているのは、分解されたラジオと工具だった。それから苺ジャムの小瓶もウエハースも、二枚の板チョコレートもあった。

「チョコレート、食べなかったの？」

彼女は尋ねた。

「お姉ちゃんを待っていたんだ」

と、弟は答えた。

「まあ、そうなの」

「うん」

二人は竜の落とし子のように肩を寄せ、再び歩きだした。身代わりガラスを胸に、遠くどこまでも一緒に歩いていった。

解　説——勇気あるいは動物

江　國　香　織

小川洋子さんの小説を読むたびに、私はいつも、職人だなあと思う。言葉を一つ一つ磨き、靴とか家具とかオルゴールとか、ともかく形ある何かを造るみたいな手さばきで、小川さんは小説を書く（のだと思う）。これはほんとうに不思議なことだ。本という形を与えられる前の小説は、そもそも形を持たないもののはずだからで、それなのに小川さんの小説は、一編ずつ、確かに手触りがあり、固有の質量を備えている。たとえば石一つ分、たとえば太鼓一つ分、たとえば椅子《いす》一脚分、たとえば湖一つ分、たとえば教会一棟分、たとえば豆電球一つ分の質量を。読み終わっても、だから消えない。石や太鼓や椅子や湖が消えないように、小川さんの小説も、読んだ人のなかにあり続ける。余韻、ということなのかもしれない。けれど余韻という言葉では収まりきれない、むしろ異物感のようなもの、ざらざらしているとか、つるつるしているとか、光っているとか、やや困惑させられる類《たぐい》のものも、はっきりと残る。ハモニカうさぎが絶滅しても、どこかの家のガラス壜《びん》に、黒い石が残っているように。

いつも彼らはどこかに、という魅力的なタイトルを持つこの短編集に収められた小説は、ほとんどが、どこの国かわからない場所を舞台にしている。冒頭の『帯同馬』だけははっきりと日本だとわかるけれど、他の作品は日本ではなさそうで、でも、どこだかわからないそのそれぞれの場所は、日本だとわかっている一編目の場所も含めて、みんなどこかでつながっているようにも思える。物語たちのいる場所——。

とても静かな小説集だ。そして、一編ずつに、勇気あるいは動物という名前の、小さな光が灯《とも》っている。

スーパーのデモンストレーションガール、小説家、朝食専門店の店主、移動修理屋の老人と美術館職員、学校に行かなくなった妹（とその兄と祖父）、動物園の売店で働く女、蝸牛《かたつむり》を飼う風車守（と、その男に会いに来る二人の女）、誰かの身代りになって旅をするのが仕事の女——。主人公たちはみんな地味だ。モノレール以外の電車に乗れなくなってしまったり、若い子たちに気圧《けお》されて、なかなかアイスクリームが買えなかったりする人たち。そして、彼らのそばには動物たちがいる。言葉を持たず、置かれた場所で、与えられた時間をただ全身で生きている動物たちが。

動物たちの存在は、どの小説のなかでもとてもひっそりしている。決して前面にでることなく、けれど圧倒的な強さと大きさで物語を支えている。おそらく、支える気などまるでなしに。

動物たちの、そういう気高いありようを、物語に閉じ込めるのはむずかしい。だから私は普段個人的に、動物のでてくる小説は警戒して読まない。人間の都合で、彼らの無垢《むく》さや誠実さが強調されたり利用されたり、安易な〝癒《いや》し〟と結びつけられたりするのを読むことには耐えられないからだ。この美しい本に関して、その心配はもちろんない。「あれほどの巨大な体を持ちながら、どうして彼女たちはこんなにも静かなのだろうか」と語られる二頭の象にしても、近くで見ると「案外ふっくらとした胴体を持ち、深みのある白色と、思いがけず綺麗《きれい》な足指の黄色が目立っていた」と描写される小鷺《こさぎ》にしても、「ええ、いいのです。いつまでもいいのです。私の背中はそのためにあるのですから」と言っているみたいな犬の置き物にしても、「とても清潔な殻を持ち、「見事に統制の取れた食事風景」を見せてくれる蝸牛にしても、頭蓋骨になってなお、小説家の机の上にひっそりと存在するビーバーにしても、ありのままの姿でただそこに写し取られている。

作中で、ある登場人物がこんなふうに言う。「しかし彼らはもういないのだった。私はいくらでも、いないものについて考えることができるのだった」いないもの――。

それは一つの欠落であり、実際この登場人物には、〃h〃という欠落がある。またべつな登場人物は、自分が死んだあと、誰がカレンダーをめくるのだろうと考えて、未来の欠落に思いをはせるのだし、「賞味期限が3月3日の苺《いちご》ジャム」を目にした女のなかにも、弟という欠落がある。ほんとうに、世界は欠落だらけの場所なのだ。そういえば、ある一編のなかに落丁本だけの図書館（！）というものがでてくるが、それもまた欠落の一種（というか、見本のようなもの）だ。しかも欠落は時と共に増え続ける。

でも、だからこそ、たとえば「ニンジンの種を分ける」少年の指先が私たちのなかに残って光を放つのだし、「問題ありません」という言葉が、異国の風景と共に耳に残って消えない。器用にニンジンの種を選り分けたその少年もまた、青年になり、大人になって、「もういない」のだとしても。

外国土産であるはずの雑貨に近所の店の値札がついていたり、学校に行かなくなった少女のつくるドールハウスの「縮尺が滅茶苦茶」だったり、美術館で転んだ老人の顔が、「オキシドールは乾き、にじんでいた血はいつの間にか皺《しわ》の間で固まり、瘤《こぶ》ができている」ありさまになったりするのに、それでも物語のトーンが暗くならないのは、そこに動物たちがいるからだ。暗くならないのみならず、どこかユーモラスでさえあるのは小川さんの筆の冴《さ》えで、ある競技をめぐる村人たちの憶測と困惑や、美術館員の修理の腕をほめる移動修理屋の老人の言葉や、そこここにやわらかな可笑《おか》しみが漂っている。

見事だと思うのは、生き物ではない動物――置き物の犬と、カレンダーのための看板のうさぎ――が小説のなかで確かに息づいていることで、これにはただもう茫然《ぼうぜん》とした。ほんとうに、職人技です。

（平成二十七年十一月、作家）

この作品は平成二十五年五月新潮社より刊行された。

いつも彼《かれ》らはどこかに

新潮文庫 お－45－7

平成二十八年一月一日発行

著者 小《お》川《がわ》洋《よう》子《こ》

発行者 佐藤隆信

発行所 株式会社新潮社

郵便番号 一六二―八七一一
東京都新宿区矢来町七一
電話 編集部(〇三)三二六六―五四四〇
読者係(〇三)三二六六―五一一一
http://www.shinchosha.co.jp

価格はカバーに表示してあります。

印刷・大日本印刷株式会社　製本・株式会社大進堂

ISBN978-4-10-121527-3 C0193